Ito Romo

Der Duft der Maulbeeren

EUROPA
VERLAG

Aus dem Amerikanischen von
Xenia Osthelder

ITO ROMO

Der *Duft* der *Maulbeeren*

Roman

Europa Verlag
Hamburg · Wien

Die Deutsche Bibliothek – CIP-Einheitsaufnahme
Ein Titeldatensatz für diese Publikation ist bei
Der Deutschen Bibliothek erhältlich

Originalausgabe:
University of New Mexico Press
»El Puente / The Bridge«

Deutsche Erstausgabe:

Umschlaggestaltung: Kathrin Steigerwald, Hamburg
Foto: Hiroshi Hara, Photonica
Innengestaltung: H & G Herstellung, Hamburg
Druck und Bindung: Wiener Verlag, Himberg bei Wien
ISBN 3-203-81525-7

Informationen über unser Programm erhalten Sie beim
Europa Verlag, Neuer Wall 10, 20354 Hamburg
oder unter www.europaverlag.de

Für meinen Vater,
Refugio Romo, Jr.,
einen guten Menschen

1

Jomasita

Als ihr der Topf mit den Bohnen anbrannte, wußte sie, daß sie die Dinge nicht mehr im Griff hatte. Nun konnte sie die Bohnen wegwerfen, ein ganzes Kilo. Den alten irdenen Topf mußte sie mit einem Brillo-Schwamm säubern, tüchtig schrubben und auskratzen, bis die verkohlten Reste verschwunden waren, weggespült vom Rio Grande, in den sie immer ihren Zuber ausschüttete, und ihren Seelenkummer.

2

Carlota

Die fünf Vogelbauer mit den Finken hingen an der Südseite des langen Raumes, neben den Fenstern mit Blick auf den Rio Grande. Lorenzo, der asiatische Starenvogel, der Trockenfutter für Hunde fraß, hockte in seinem Käfig auf einem wackeligen kleinen Tisch neben der Tür. »Miau, miau«, machte der große schwarze Vogel, und Carlota schrie auf: *»El gato! El gato!* Eine Katze ist im Haus! Sie wird die Vögel fressen!« Der Chihuahua brach in nervöses Gekläff aus. Das Dienstmädchen Sonia kam aus der Küche gerannt und rutschte beim Durchqueren des Innenhofes auf den zahllosen Melonenschalen für die Schildkröten aus.

Carlota ließ die Schachtel mit Hundefutter fallen, von dem sie Lorenzo gerade etwas hatte geben wollen. Ihre beiden Bassets, Cowboy und Gina, drängelten sich durch die Fliegentür herein; wie wild fielen sie über das Futter zu Carlotas Füßen her, machten es dem Chihuahua streitig und brachten Carlota aus dem Gleichgewicht. Wegen ihres kranken Knies fiel Carlota zu Boden, unternahm aber zuvor noch einen vergeblichen Versuch, sich zu halten, indem sie nach Lorenzos Käfig griff. Dabei stieß sie versehentlich an die hölzerne Wäscheklammer, mit der die Tür des Vogelbauers gesichert war. Der Vogel entkam. Die Hunde setzten ihm nach. Mit Tränen in den Augen saß Carlota mitten in ihrem Schlafzimmer auf dem Zementboden und schrie: »*No veo, no veo.*« Der Schleier vor ihren Augen wurde immer dichter.

Carlota lebte in einem Haus, das im spanischen Kolonialstil gebaut war, mit dreiundzwanzig Zimmern rund um einen Innenhof. Sieben waren noch bewohnbar, wie ihr Großvater sie vor über 100 Jahren hinterlassen hatte. Südtexas an der Jahrhundertwende: Schwere Holzbalken trugen fünfeinhalb Meter hohe blau, babyblau gestrichene Holzdecken. Die Luft war pudrig, Altmännertalkum, das im Licht der Abendsonne, die durch die zugezogenen Vorhänge ins Zimmer drang, sichtbar wurde. Die einen Meter dicken Außenwände wurden alle drei Jahre entweder gelb, hellblau oder rosa gestrichen. Und jeden Abend saß Carlota in ihrem Schaukelstuhl im Wohnzimmer und blickte auf die lange Schlange aus hupenden Autos, Lastwagen und Sattelschleppern, die an ihrem Haus vorbeifuhren und alle auf dem Weg zur zwei Straßenzüge entfernten Brücke waren.

»O wie gerne schaue ich dem Verkehr zu«, pflegte sie zu sagen. Dann folgte ein Seufzer.

Hier saß sie auch an jenem Abend, als Lorenzo die Katze imitiert hatte und sie gestürzt war, schaute in der Dunkelheit auf den Verkehr und weinte. Die Tränen fielen langsam, ihr Gesicht war ausdruckslos, sie blickte starr geradeaus, als projizierten die Scheinwerferstrahlen der vorbeifahrenden Autos ihr Leben, das ihr nun armselig vorkam. Oder war es doch ein schönes Leben gewesen, an das sie sich nur nicht mehr richtig erinnern konnte? Waren ihre Augen vielleicht so trüb geworden, daß sie den Verkehr nicht mehr erkennen konnte? Oder ließen ihre getrübten Linsen und ihre Tränen den Verkehr naß erscheinen, als würde es regnen? Und bei Regen hätte sie immer am liebsten geweint.

Was war zuerst da? dachte sie. Meine Traurigkeit oder meine Tränen?

»*Yo no sé*«, sagte sie. Sie wußte es nicht mehr.

Ich jage mir keine Kugel durch den Kopf, weil ich weder ein Gewehr habe noch den Mut dazu, dachte sie, wobei sie sich aus dem Schaukelstuhl wuchtete, ihren steifen, müden Körper zum Schlafzimmer schleppte und sich beim Schein des Mondlichts auf das alte Bett ihrer Großmutter legte. Von Zeit zu Zeit piepsten die Finken im Schlaf, und eine merkwürdig kühle Brise stieg von den Ufern des Rio Grande empor.

Am nächsten Morgen backte Carlota ihre winzigen Tortillas. Sie hatte zwei schwierige Tage hinter sich. Ihr Rheumatismus hatte sich unangenehm bemerkbar gemacht; beide Beine fühlten sich in den Knien steif an. Ihre Hüfte tat noch weh vom Sturz, und sie war wie erstarrt von einer tiefen Schwermut, erstarrt wie die Gelenke ihrer Beine. Sie schaute durch die großen Fenster ihrer Küche in den rückwärtigen Garten. Die Maulbeeren waren bereits gefallen und bildeten eine Schicht auf dem Boden, so daß die Tiere überall auf dem mit Ziegelsteinen belegten Hof ihre Abdrücke hinterlassen hatten – kleine Vogelfüßchen; seltsame, fast prähistorisch anmutende Schleifspuren der Schildkröten; weiche Katzenpfoten und die kräftigen, großen Abdrücke der Bassets. Sie blickte auf den hundert Jahre alten Mezquitbaum, hinten, in der südlichen Ecke, dessen sechs Meter langer Ast von einer rostigen, schweren Kette gehalten wurde. Sie erinnerte sich noch, wie ihr Vater einen Erdwall um den Baum aufschüttete, damit er auch ja immer genug Wasser hatte. Sie erinnerte sich, als Kind unter dem Baum gesessen und süße und saure Mezquithülsen gekaut zu haben. Während sie noch auf den Baum starrte, griff sie mit der Hand in die Kaffeedose, und gerade als sie den Kaffee in den Topf mit dem kochenden Wasser werfen wollte, kam Sonia schreiend zu ihr gerannt.

»*Calo, algo pasa en la televisión*«, rief Sonia. Auch wenn Sonia kein Englisch verstand, so kannte sie doch das *Piep, Piep, Piep* des Fernsehsenders, das ein drohendes Gewitter oder eine andere mögliche Katastrophe im Fernsehen ankündigte. Vorsichtig machte sich Carlota auf den Weg durch den Innenhof, um zu sehen, was los war. Bei jedem Schritt in Richtung ihres Wohnzimmers setzte sie bedächtig ihren Stock auf.

»Juan! Juan!« Gellend rief Carlota nach ihrem Fahrer und Hausmeister. »Mach schnell! Los, hol das Auto! Der Fluß verfärbt sich rot. Mach schnell! Hol das Auto! Fahr uns hin!«

Juan brauchte mehr als eine Stunde, um das Auto zu holen, obwohl es nur um die Ecke geparkt war. Als er schließlich aufkreuzte, schrie Carlota ihn an: »Warum hast du so lange gebraucht?«

»Ich bin nicht durchgekommen. Der Verkehr ist fürchterlich. Ich weiß nicht, was sich abspielt«, erwiderte Juan. Er schloß den Wagenschlag hinter Carlota, nachdem sie mit Sonia auf dem Rücksitz Platz genommen hatte.

»Was soll sich schon abspielen! Mit dem Fluß passiert etwas – das spielt sich ab. Nichts wie los, nichts wie los!« Carlota sprach mit ihm grammatisch korrektes, aber stark akzentgefärbtes Englisch. Vor fünf Jahren, als er aus Mexiko gekommen war, hatte sie ihm versprochen, mit ihm nur Englisch zu reden, damit er die Sprache lernte, und sie hielt sich daran.

Sie brauchten vierzig Minuten, um einen Straßenzug weit zu fahren. Carlota wurde immer aufgeregter. Sonia hingegen wurde wegen der vielen Polizisten und grün uniformierten Einwanderungsbeamten, die an jeder Straßenecke standen, unruhig. Als sie die Convent Street erreichten, die auf die Brücke führte, ließ der Polizist sie nicht nach rechts abbiegen, sondern dirigierte sie statt dessen über die Convent Street hinweg geradeaus.

»Was machen wir denn jetzt?« jammerte Carlota in höchster Not.

»Ich fahre eben geradeaus, die Uferstraße entlang. Vielleicht können wir ja auch von dort etwas sehen«, erwiderte Juan.

Der Ansager im Radio hatte bereits vor Stunden damit aufgehört, Country-Western-Musik zu spielen, um die gesamte Sendezeit auf die Neuigkeit des Tages zu verwenden: »Das Wasser des Rio Grande hat sich rot gefärbt. Noch einmal, Sie hören eine Sonderberichterstattung – das Wasser des Rio Grande hat sich rot gefärbt. Der Verkehr in Richtung Stadtmitte ist zum Erliegen gekommen. Fahren Sie nicht in die Stadtmitte, es sei denn, es handelt sich um einen Notfall. Sollten Sie den Fluß überqueren wollen, warten sie auf die nächste Meldung des Verkehrsfunks. Auf dem Highway 35 kommt es durch Lastzüge zur Zeit zu einem Stau von über 40 Kilometern. Ich wiederhole: Staatliche Stellen untersuchen die seltsame Farbe des Flusses. Wir erwarten noch in dieser Stunde einen Bericht.«

Juan streckte den Kopf aus dem Fenster, um sich den Hubschrauber von ABC News genauer anzusehen, und wies zum Himmel.

»Schau, Calo! Ein Hubschrauber!« sagte er.

An fast jeder Ecke im Innenstadtbereich war irgendein Übertragungsgerät von CBS, NBC, ABC und CNN aufgebaut; dazu wimmelte es von einheimischen und regionalen Kameraleuten und Reportern.

Fast fünfzehn Kilometer folgten sie der Straße auf den hohen Ufern des Rio Grande. Es waren so viele Fahrzeuge geparkt und so viele Leute hatten sich auf die Autos oder Lastwagen gehockt oder standen am Uferrand, daß nicht daran zu denken war, den Fluß zu sehen. Sie konnten noch nicht einmal einen kurzen Blick darauf werfen. Aus Angst, sie könnte wieder fallen, weigerte sich Carlota, das Auto zu verlassen, und Sonia blieb in Deckung, damit die Beamten von der Einwanderungsbehörde sie nicht sehen konnten, obwohl so weit von der Innenstadt entfernt gar keine herumliefen.

Enttäuscht sagte Carlota Juan, er solle sie nach Hause fahren. Bestürzt vernahm sie die Radiomeldung, ein Gewitter sei plötzlich aufgezogen und bewege sich in Richtung Stadt. Der normalerweise babyblaue Himmel hatte sich in ein dunkles Grau verwandelt, was Carlota äußerst nervös machte; vor Donner hatte sie eine unglaubliche Angst. Einmal hatte sie den Fahrer eines Greyhound-Busses zum Anhalten gezwungen und darauf bestanden, sie irgendwo in den Außenbezirken aussteigen zu lassen, weil sie von ihrem Platz ganz vorn im Bus graue Wolken gesehen hatte. Gegen alle Verkehrsregeln hatte der Fahrer den Bus gestoppt, um sie hinauszulassen, weil sie völlig unbeherrscht losgeschrien und fast eine Panik ausgelöst hatte.

Sie brauchten länger als eine Stunde, um nach Hause zurückzukehren, und selbst dann mußte Juan sie einen halben Straßenzug von ihrer Haustür entfernt aussteigen lassen. Gerade als Carlota ins Haus trat und Sonia sich noch vor der *migra* im Auto versteckte, detonierte der Himmel mit einem alles zerschmetternden Knall. Carlota schrie gellend auf. Das Gewitter brach los.

Einige Stunden später, nachdem das Gewitter abgeklungen war und die Stadt in den hellen Sonnenschein von Südtexas sowie unerträgliche Feuchtigkeit getaucht war, bat Carlota Juan erneut, das Auto zu holen.

»*Ándale,* Juan«, sagte sie, »hol das Auto. Vielleicht können wir jetzt den Fluß sehen.«

Juan ging los, um das Auto erneut vor die Haustür zu fahren. Eine beinahe unmögliche Aufgabe angesichts des Verkehrs, aber er schaffte es. Nach zwanzig Minuten stand er vor dem Haus und half Carlota auf den Rücksitz.

Sonia weigerte sich mitzukommen, weil es, so sagte sie, »zu viele Polizisten und Einwanderungsleute da draußen gibt«.

Juan war gerade ins Auto gestiegen und hatte die Tür geschlossen, als ein Sattelschlepper für den Bruchteil einer Sekunde anhielt, was Juan ausreichend Zeit gab, in die Spur zur Brücke zu biegen.

Fünfundvierzig Minuten lang gab Juan Gas, fuhr etwa einen Meter weiter und trat dann wieder auf die Bremse. Er mußte die Klimaanlage abstellen und die Fenster offen lassen, damit der Motor nicht zu heiß wurde. Von seiner Stirn kullerten die Schweißtropfen. Er wischte sie weg, sprach aber ununterbrochen weiter, während Carlota das Treiben vor dem Autofenster beobachtete. Sie schwitzte nicht, sie schwitzte nie.

Endlich gelangten sie an ihr Ziel, zahlten die Gebühr und rollten langsam auf die Brükke. Juan brauchte mehr als eine Stunde, um ein Viertel der Brücke zurückzulegen. Wieder begannen Carlotas Nerven verrückt zu spielen. Das Wasser konnte sie vom Auto aus noch immer nicht sehen, weil zu viele Menschen, Kameraleute und Polizisten unterwegs waren. Ihre Besorgnis wuchs. Da Juan wußte, daß sie kurz davor stand, ihn anzuschreien, er solle auf der Stelle umkehren – was undurchführbar gewesen wäre –, schlug er ihr vor, auszusteigen und einen Blick über das Geländer zu werfen.

Sie sagte: »Ja.«

Er war völlig überrascht. Nie hätte er erwartet, daß sie zustimmen könnte. Es wäre ihm nicht im Traum eingefallen. Er war davon ausgegangen, daß sein Vorschlag einen Streit auslösen würde und dieser Streit sie davon abhalten würde, die Beherrschung zu verlieren – obwohl er mit ihren Ausbrüchen gut zurechtkam. So hätte er erreicht, daß sie nicht von ihm verlangt hätte, umzukehren oder anzuhalten und sie zu Fuß nach Hause zu bringen – oder etwas ähnlich Absurdes.

Er schob den Schalthebel auf Parken, und da sich der Verkehr nur sehr langsam voranbewegte, stieg er aus, ging nach hinten, öffnete Carlotas Tür und half ihr auf den Gehsteig. Dann rannte er ums Auto und stieg wieder ein; die Fahrzeuge hinter ihm hatten zu hupen begonnen. Er hörte Carlota rufen, er solle nicht zu weit fahren.

Halblaut fragte er sich: »Wo zum Teufel soll ich denn hinfahren?«

Carlota tat etwas, was kein Mensch je von ihr erwartet hätte, sie bahnte sich vorsichtig ihren Weg durch die Menschenmenge, ihren Stock fest umklammernd, und sagte zu denen, die ihr im Weg standen: »Bitte lassen Sie mich durch. Ich möchte den Fluß sehen. Ich bin eine alte Frau, das sehen Sie doch. Ich kann nicht einmal mehr richtig gehen. Bitte lassen Sie mich einen Blick auf den Fluß werfen.«

Endlich hatte sie sich den Weg zum Geländer gebahnt. Als sie den Fluß sah, wollte sie es nicht glauben. Das Wasser war von einem tiefdunklen Rot, soweit das Auge reichte. Eine Frau schob sie zur Seite, um ebenfalls einen Blick auf den Fluß zu werfen, und dadurch verlor Carlota das Gleichgewicht. Sie schrie auf, ein junger Mann, der neben ihr stand, versuchte sie festzuhalten, doch als er sie am Arm packte, hupte ein Sattelschlepper laut und kam quietschend vor zwei alten Männern zum Halt, die über die Straße rannten, was den jungen Mann so erschreckte, daß er den Griff lockerte, mit dem er Carlota hielt. Sie fiel fast auf den Gehsteig, alles drehte sich um sie, der Wind des tieffliegenden Hubschraubers umwirbelte sie, der Geruch von Maulbeeren, Maulbeeren überall. Aber der junge Mann packte erneut zu und rettete sie.

»Was ist denn passiert, junger Mann?« fragte sie.

Der junge Mann deutete auf die Brücke und sagte: »Die zwei Männer dort wären beinahe von einem Sattelschlepper überfahren worden.«

Da fiel ihr Juan mit dem Auto ein, und gehetzt sah sie sich nach ihm um. Etwa fünf Meter entfernt entdeckte sie ihn. Sie fragte den jungen Mann, ob er sie bitte zurück zum Auto begleiten könne, und als sie seinen Arm packte, um Hilfe beim Gehen zu haben, glitt ihr Blick über die Brücke, und sie sah, wie da eine junge Frau kauerte, der zwei alte Männer ihre Hemden reichten, damit sie den Kopf bequemer gegen das Brückengeländer lehnen konnte, und vor ihr kniete eine ältere Frau und hielt ein Neugeborenes. Der Gehsteig war voll Blut. Leute schrien laut nach einem Krankenwagen. Zärtlich hielt die alte Frau das Kind und wischte sein Gesicht mit dem Saum ihres uralten Hauskleides ab.

Carlota blickte geradeaus auf die lange Autoschlange und jammerte leise vor sich hin: »Juan. Juan.«

3

Cindy

Sie hatte ihren Arbeitsrock so weit einnähen lassen, daß sich die Gesäßtaschen genau an der Naht berührten. Fünfzig Pfund hatte sie in den zehn Jahren als Kellnerin im Southland Café zugelegt. Dann hatte sie langsam abgenommen. Die Röcke hatte sie aber nur enger nähen lassen – den Stoff abschneiden wollte sie nicht, für den Fall, daß sie wieder zunahm. Auch einen ihrer Schneidezähne hatte sie eingebüßt, den linken – wegen der vielen süßen Doughnuts, die sie im Lauf der Jahre gegessen hatte.

Sie hatte in einen Karamelapfel gebissen, da war ihr Zahn einfach abgebrochen und auf einem Bürgersteig in der Innenstadt in einen Schacht gefallen, aus dem heiße Luft blies. Zu ihren Kunden hatte sie fortan mit schiefem Mund gesprochen, als hätte sie einen Schlaganfall gehabt und eine Hälfte ihres Gesichts wäre gelähmt. Ständig glitt sie mit der Zungenspitze über den Stummel.

»Morgen früh geh ich über den Fluß und laß das richten«, sagte sie schließlich eines Tages zu ihren Kunden und lächelte, ein großes schwarzes Loch genau vorn in der Mitte, der Stummel kaum erkennbar, fast, als sei sie stolz auf ihren fehlenden Zahn, »denn da ist es viel billiger.«

»Sie, ich meine die Zahnärztin, sie macht mir eine Brücke«, fuhr sie fort. »Sie kann sie über Nacht machen. Morgen ist sie fertig. Sie ist guuut, wirklich guuut und arbeitet sooo schnell! Guuut und sooo schnell, sooo schnell und guuut!«

Am nächsten Tag, als sie gerade das Café verlassen und nach der Frühnachmittagsschicht über die Brücke wollte, um sich ihren Zahn zu holen, stellte sie den Fernseher auf dem Zigarettenautomaten neben der Küchentür an und sah die Worte ›CNN Sonderberichterstattung‹ auf dem Bildschirm aufleuchten.

Sie erkannte die Brücke und den Fluß und schrie ganz aufgeregt: »O mein Gott! Da ist die Brücke! Kommt mal alle her, die Brücke, die Brücke – sie ist im Fernsehen!«

Ungläubig und mit offenem Mund starrten sie alle auf den Bildschirm und den Fluß, der nur wenige Straßenzüge entfernt floß und rot wie die Füllung der Kirschtorte war, die über ihren Köpfen in der verspiegelten Kuchenvitrine kühlgehalten wurde.

»Eigentlich soll ich jetzt gleich meinen Zahn gemacht kriegen. Und jetzt lassen sie mich nicht rüber«, jammerte Cindy, als sich die allgemeine Unruhe gelegt hatte. »Was soll ich nur tun?« fragte sie den Chef, und ohne auf eine Antwort zu warten, fügte sie hinzu: »Ich seh mal, was los ist. Ich komm später wieder und erzähle, was passiert ist. O mein Gott, und gleich fängt es auch noch an zu regnen!«

Keine zwei Straßenzüge vom Southland Café entfernt tat es einen lauten Knall am

Himmel. Ein gekünstelter kleiner Schrei entrang sich Cindys Mund. (Wirklich laut geschrien hatte sie noch nie in ihrem Leben. Ihre Mutter hatte immer gesagt, daß die Wangenknochen zu sehr wachsen, wenn man schreit oder kreischt, und dann würde man nicht mehr wie eine Dame, sondern wie ein Pferd aussehen. Deshalb schrie oder kreischte sie nie richtig, sondern gab nur winzigkleine Piepser von sich.) Sie rannte die Straße hinunter zum Eingang von Vogue Fashions und blieb dort stehen, bis der letzte Regentropfen gefallen war. Sie durfte kein Risiko mit ihrer Frisur eingehen.

»Sie fällt ganz auseinander, wenn sie naß wird«, dachte sie laut.

Vorvorgestern war sie beim Friseur gewesen und hatte sehr vorsichtig auf dem Rücken geschlafen, ohne sich auch nur im geringsten zu bewegen – als wäre sie tot –, drei Tage hintereinander, bis zu ihrem Termin. Der Eingang zu Vogue Fashions in der Houston Street war groß und wunderschön gefliest, mit Bildern von der Sonne. Jeden Tag verbrachte sie dort vor der Arbeit mindestens zehn Minuten und betrachtete ihr Spiegelbild im Glas der riesigen Fenster, während sie ihr Make-up auflegte. Heute war sie jedoch mehr daran interessiert, über den Fluß zur Zahnärztin zu kommen. Heute war sie einfach nicht in der Lage, darauf zu achten, daß sie »wirklich gut« aussah. Der Regen, der Gedanke, stundenlang auf dem Behandlungsstuhl sitzen zu müssen, zu wissen, daß sie sabbern würde und mit einer Lippe zurückkommen die sich anfühlte, als würde sie 75 Pfund wiegen, ließen sie vergessen, daß sie immer »gut aussehen, wirklich gut aussehen« mußte. Natürlich war sie auch neugierig, was sich auf der Brücke abspielte – deshalb beeilte sie sich.

Als sie sich der Brücke näherte, dämmerte ihr: Das ist wirklich eine große Sache, ein *ganz* großes Ding. Und als sie um die Ecke auf die Convent Street kam, sah sie die erste Fernsehkamera und war wie verwandelt. Statt an der Convent Street in Richtung Süden zu gehen, wandte sie sich geradewegs zum JC Penney. Sie mußte ihr Make-up auffrischen. Die Scheiben waren perfekt. Nicht so gut wie die von

Vogue natürlich, aber dennoch, zum Schminken perfekt. Sie stand da, vor dem großen Schaufenster, und rieb die make-up-verschmierte Puderquaste in den leuchtend rosa Puder und dann auf ihr Gesicht.

Was ist, wenn die mich irgend etwas fragen? dachte sie.

Zum Abschluß schob sie noch eine Haarnadel in ihr aufgeplustertes Haar und stolzierte dann in Richtung Brücke. Ihre Brüste waren plötzlich höher und voller, ihr Rücken kerzengerade, und sie schritt einher, wie man es ihr bei dem Modellehrgang beigebracht hatte, an dem sie im Plaza Hotel mit all den berühmten Models aus San Antonio teilgenommen hatte.

»Sie waren im Sears-Katalog«, hatte sie zu ihren Freunden im Southland Café gesagt. »Das ist der einzige Grund, warum ich da hingehe.«

Doch als sie bei der Brücke ankam, warteten dort zwei Schlangen von Fußgängern. Beide waren drei Straßenzüge lang, so viele Menschen wollten sehen, was los war. Sie kniff die Augen zusammen, schirmte sie mit den Hän-

Cindy

den vor der Sonne ab und versuchte zu erkennen, welche Schlange zu dem Fernsehreporter führte, den sie am Brückeneingang entdeckt hatte. Obwohl sie sich für blind erklärte und immer sagte: »*Estoy bien ciega*«, hatte sie die Kamera sogleich gesehen. Sie überlegte sich, welche Schlange es sein mußte, und stellte sich an deren Ende an.

Es dauerte eine halbe Stunde, bis sie auf der Brücke war.

»Sie haben immer nur ein paar Leuten auf einmal erlaubt, die Brücke zu betreten«, berichtete sie am nächsten Morgen im Southland Café. »Ich habe Ewigkeiten gebraucht, sie zu überqueren!«

Kurz bevor sie sich dem Drehkreuz näherte, bevor sie zu dem Reporter und Kameramann kam, kniff sie sich fest in beide Wangen, damit sie Farbe bekamen. Sie dachte an ihren Modellehrgang und setzte ein breites Lächeln auf, bis ihr plötzlich der Zahn einfiel, sie das Lächeln um die Hälfte verkleinerte und affektiert eine Hand auf den Mund legte.

Sie tat völlig überrascht, als der Reporter von CBS Dallas ihr ein Mikrophon hinhielt.

Leise lächelnd legte sie die Hand wieder auf den Mund.

»Miss, haben Sie den Fluß gesehen?« fragte der Reporter.

»Aber ja«, erwiderte sie, obwohl sie ihn nicht gesehen hatte. »Er ist auf allen Fernseh-Kanälen«, fuhr sie fort. »Einige Leute sagen, es ist ein Wunder. Sie wissen, daß das Wasser uns Wunder bringt. Im mexikanischen Fernsehen habe ich sogar gehört, daß der Papst seine Spezial-Priester schickt, die solche Wunder überprüfen« – obwohl sie auch keine Berichte im mexikanischen Fernsehen gesehen hatte.

Der Reporter sagte: »Danke schön, Miss«, und schob sie sozusagen weiter auf die Brükke, da er jetzt mehr daran interessiert war, was eine alte Frau zu sagen hatte, die eine mit Folie zugedeckte Schüssel trug.

Beim Betreten der Brücke fühlte Cindy sich berühmt. Hubschrauber mit Kameras flogen über ihr, überall wimmelte es von Kameras und Reportern, die Leute starrten sie an nach ihrem Gespräch mit dem Reporter, zumindest bildete sie sich das ein, und all das führte dazu, daß sich ihre Augen verschleierten.

Sie würde einen Plan aushecken, um »berühmt zu werden«!

Cindy drehte sich um, obwohl sie die Brücke schon halb überquert hatte, und schrie zum erstenmal in ihrem ganzen Leben aus voller Kraft: »Wann werde ich im Fernsehen gesendet?«

Sie fuchtelte heftig mit den Händen über ihrem Kopf und versuchte, die Aufmerksamkeit des Reporters zu fesseln – das riesige, gähnende Loch in ihrem Mund hatte sie in ihrer neuen Berühmtheit vollständig vergessen.

Sie wedelte weiter mit den Händen und versuchte, die Aufmerksamkeit des Reporters auf sich zu lenken, bis ein lautes Hupen sie fast so sehr erschreckte wie der Donner zuvor, und sie schrie erneut auf, diesmal war es ein unechter kleiner Schrei. Sie nahm wieder Haltung an, erinnerte sich an das Loch in ihrem Mund und legte erneut die Hand darauf, ganz große Dame.

Tief atmete sie die merkwürdige, maulbeerhaltige Luft ein, straffte die Schultern, musterte einige Sekunden lang das rote Wasser aus den Augenwinkeln und legte den

Rest der Brücke mit schwingenden Hüften zurück.

»Hollygwood, paß auf, hier kommt Cindy!«

Als sie an jenem Nachmittag in der bescheidenen Zahnarztpraxis ganz in der Nähe des Rotlichtviertels ankam, fragte sie sich, ob sie die richtige Wahl getroffen hatte. Sie bezahlte den Taxifahrer und fragte ihn mehrmals, ob er sie auch wirklich zur richtigen Adresse gebracht hatte. Kein Schild, eine alte Holztür, ein Hund, der mit einem toten Vogel spielte, nur ein schlichtes »753 Pereida« über der Eingangstür in roter Farbe, die getropft hatte. Sie mußte an Blut denken und legte die Hand an den Mund, als das Taxi davonpreschte.

Sie öffnete die Tür, die in einen kleinen Raum mit drei Holzstühlen führte. In der Ecke auf dem Boden lag eine Zeitung mit einem großen, die halbe Seite einnehmenden Farbfoto von der Brücke. Das Bild auf der Titelseite mit dem roten Wasser unter der Brücke erinnerte sie wieder an Blut, und sie mußte denken, daß die Farbe Rot und das Blut Omen waren. Ein böses Lächeln stand auf ihren Lippen, als sie sich an den Fernsehreporter erinnerte, und sie stellte sich vor, wie sie auf dem Fernsehbildschirm im Southland Café zu sehen sein würde. Sie tat ein paar Schritte vorwärts und klopfte an die Tür in der Mitte des Zimmers.

»Si?« fragte jemand hinter der Tür.

Cindy steckte den Kopf durch die Tür und antwortete: *»La Doctora?«*, da sie dachte, sie spreche mit der Sprechstundenhilfe.

Doch die frischgebackene Zahnärztin hatte noch kein Geld für eine Sprechstundenhilfe; sie antwortete: »Ich bin die Zahnärztin, Señorita Rodriguez. Treten Sie ein.«

Das Hinterzimmer, in dem die Zahnärztin praktizierte, war noch kleiner als das Vorderzimmer, aber weil es das rückwärtige war, mußte es reichen. Die Zahnärztin bat Cindy, sich auf den Stuhl zu setzen, und nachdem sie sich den Zahn kurz angeschaut hatte, erklärte sie Cindy das Verfahren: eine Verankerung an dem noch vorhandenen kleinen Stummel, ein Abdruck, um sicherzustellen, daß der neue

Zahn paßte, und dann ein superfester Kleber, damit der Zahn »für immer« hielt.

»Ich kann alles selbst machen – es ist nicht nötig, etwas machen zu lassen, das dauert nur länger«, sagte sie zu Cindy, aber in Wirklichkeit konnte sie es sich einfach nicht leisten, etwas anfertigen zu lassen, und sie schloß ihre Erklärung mit dem Satz: »Der Zahn ist morgen fertig, nach ein Uhr.«

»Machen Sie noch nicht einmal eine Röntgenaufnahme?« fragte Cindy auf spanisch.

»Nein. Sie brauchen sowieso einen Wurzelkanal, um dem falschen Zahn Halt zu geben. Normalerweise würde ich eine Röntgenaufnahme machen, um zu sehen, ob der Zahn von Karies befallen ist, aber da ich einen Wurzelkanal mache, brauchen Sie eigentlich keine Röntgenaufnahme«, erklärte die Zahnärztin weiter auf spanisch.

Sie hatte es zwar geschafft, das Röntgengerät zu kaufen, für Filme hatte sie aber noch kein Geld.

Cindy wäre am liebsten vom Stuhl gesprungen und den ganzen Weg über die Brücke zurückgerannt, hätte sie nicht gewußt, daß die

Situation für ihren Plan perfekt war. Da die Zahnärztin alles selber machte, brauchte Cindy nur den Abdruck zu zerstören, die Form. Ohne Röntgenaufnahmen würde es auch keine medizinischen Spuren geben; da Cindy bar bezahlen wollte, würde es keinerlei Unterlagen über das Geschäft geben. Ihre Aussage würde gegen die der Zahnärztin stehen. Wem würde man eher glauben, einer fleißigen Amerikanerin, wie sie es war, oder so einer halbgebackenen mexikanischen Zahnärztin, die sich noch nicht einmal eine anständige Praxis in der Guerrero Straße leisten konnte wie all die anderen Zahnärzte, die die Amerikaner behandelten?

»Legen Sie los, Frau Doktor«, sagte sie.

An jenem Nachmittag mußte Cindy die Spätschicht für eine der neuen jungen Kellnerinnen übernehmen, die zum Abschlußball ihrer Schule wollte. Cindys ganzer Mund war betäubt. Sie hatte ein Gefühl, als hätten tausend Killerbienen sie gestochen. Doch in Wirklichkeit spürte sie rein gar nichts. Ihr Kopf schwirrte. Sie war so in ihren Plan vertieft, daß ihr schwindlig war. Es gab keinen Weg zurück.

Im Southland Café tischte sie allen ein Lügenmärchen auf. Sie erzählte, überqueren habe sie die Brücke nicht können, auch wenn sie über eine Stunde lang angestanden sei, denn als sie endlich die Brücke betreten konnte, seien da so viele Menschen gewesen, daß sie es nicht zur mexikanischen Seite geschafft habe. Sie wollte sich zwar den Weg durch die Menschenmenge bahnen, habe sich aber nicht vom Fleck rühren können.

»Wir waren wie die Sardinen in den Dosen da drüben«, sagte sie und deutete auf die Thunfischkonserven im Regal hinter der Theke.

»Ich habe aufgegeben«, sagte sie, »und bin für ein paar Stunden nach Hause, weil mein Zahn so weh getan hat. Ich bin nur gekommen, damit das arme Ding zu ihrem Abschlußball gehen kann. Zu meinem eigenen habe ich es nämlich nie geschafft, müssen Sie wissen.«

Sie lief im Southland Café herum, nahm gedankenverloren Bestellungen auf, manchmal richtig, manchmal falsch. Statt Schinken mit Eiern orderte sie *chorizo con huevo*, statt Mehltortillas servierte sie den Kunden weißen Toast. Obwohl sie sich wirklich nicht gut daran erinnern konnte, was an jenem Nachmittag geschehen war, weil das Novocain sowohl ihr Gehirn als auch ihren Mund betäubt hatte, konnte sie an nichts anderes denken als an die Abendnachrichten. Das einzige, woran sie sich deutlich erinnerte, war das NBC auf dem Mikrophon des Reporters. Bei ihrer Ankunft im Southland Café an jenem Nachmittag gegen vier war sie sofort zum Fernseher gelaufen und hatte Kanal sechs angestellt. (Der alte Fernseher hatte keine Fernbedienung.) Wenn sich jemand dem Gerät näherte, ob Kunde oder Kollegin, hatte sie vom anderen Ende des großen Speisesaals gegrunzt und geknurrt, da sie wegen der Zahnbehandlung nur mit unglaublichen Schmerzen sprechen konnte. Jeder verstand, daß der Kanal nicht gewechselt werden durfte. Sie hatte niemandem gesagt, daß sie im Fernsehen sein könnte, weil sie Überraschung vortäuschen wollte. Das war Teil ihres Planes, gehörte zu ihrem »internaschionalen Fernseh-Debut«.

Als die Abendnachrichten begannen, blieb Cindy wie angewurzelt stehen, und die Kunden hörten auf zu essen; sie wußten, daß die erste Meldung der Brücke gelten würde. Cindy nahm ihre Schürze ab, was bedeutete, daß sie nicht mehr im Dienst war, und legte sie auf die Theke neben den Bostoner Sahnekuchen.

»Guten Abend. Ich bin Tom Brokaw. Noch immer befaßt sich in der normalerweise ruhigen, südtexanischen Kleinstadt an der mexikanischen Grenze ein Team von Wissenschaftlern des Gesundheitsministeriums und der Umweltbehörde mit den Ereignissen, die wie eine Umweltkatastrophe ersten Ranges aussehen. Hier ist Albert Torres mit seinem Bericht vom Rio Grande.«

Cindy stieß einen spitzen Schrei aus, als Torres auf dem Bildschirm erschien. Mit Enttäuschung stellte sie fest, daß er nicht derjenige war, der sie interviewt hatte; sie wußte aber, daß dies nicht der einzige Bericht über

Cindy

den Fluß an diesem Abend sein würde. Voller Erwartung nagte sie mit dem Stummel in ihrem Mund an der Haut ihrer Handfläche. Der Reporter sprach über die Möglichkeit, daß Industrieabwässer die Ursache für die Verfärbung des Flusses waren. Er sprach mit einem Mitglied des Untersuchungsteams, das aussagte, die Tests der Wasserproben, die man dem Fluß in der Frühe entnommen habe, seien nicht vor dem nächsten Tag abgeschlossen. In der Zwischenzeit sei alles, was er sagen könnte, reine Spekulation.

»Sie sehen also, Tom, wenn wir richtige Informationen über den Fluß haben wollen, müssen wir bis morgen warten«, schloß der Reporter.

»Danke, Albert«, sagte Tom Brokaw. Er fuhr fort: »Die südtexanische Stadt ist zwar an internationalen Handel und reges Treiben gewöhnt, sie ist schließlich der größte Binnenhafen der USA, doch seit 1972, als Präsident Nixon im Rahmen seiner Wiederwahlkampagne hier zu Besuch war, stand sie nicht mehr im Mittelpunkt der internationalen Medien. Vor Ort ist unser NBC-Korrespondent Mike

Aguilar, der uns berichtet, was die Bürger an der Grenze von der ganzen Aufregung halten... Mike.«

»Ja, Tom, ich habe gestern abend während der Stoßzeit, wenn Abertausende die Brücke in Richtung ihrer Heimat Mexiko überqueren, mit einer Menge Leute geredet, und auch heute während der Mittagsstoßzeit, um herauszufinden, welche Gedanken sich die Menschen hier zur Farbe des Flusses, aber auch zu den Medien machen, die über Nacht die geschäftige Innenstadt buchstäblich besetzt haben«, sagte der Reporter.

»O Gott, das ist er!« dachte Cindy.

Nachdem der Reporter mehrere Leute dort interviewt hatte, wo er auch Cindy angesprochen hatte, sah Cindy das Bild der Alten, die nach ihr befragt worden war, auf dem Bildschirm erscheinen. Leise aufjammernd kniff sie die Augen zusammen und entdeckte sich selbst, wie sie sich hinter dem Reporter entfernte. Am liebsten hätte sie losgeheult.

Sie wäre beinahe zum Fernsehgerät gestürzt und hätte alle im Southland Café darauf hingewiesen: »Die Frau mit dem Rücken zur

Kamera, die mit dem grünen Kleid, ja, die, das bin ich!«

Doch sie wußte, daß sie das nicht tun durfte. Damit hätte sie sich verraten, denn alle hätten womöglich gedacht, daß sie im Fernsehen sein, ein Star sein wollte. Sie würde bis morgen warten. Dann würden alle sie sehen. Als der Reporter fertig war und sagte, er würde sich morgen früh wieder melden, sofern entscheidende Neuigkeiten vorlägen, sah Cindy sich wieder, winzig, weit hinten auf der Brükke, wie sie wild mit den Händen in der Luft herumfuchtelte. Ruhig drehte sie sich um, band sich die Schürze wieder um und ging in den hinteren Teil der Küche. Dort betrat sie die kleine Spülküche und zündete sich eine Zigarette an. Sie zog den Rauch durch die Zahnlücke, von Haß auf den Reporter erfüllt, der sie ›geschnitten‹ hatte.

Warte nur, Mike Aguilar! Morgen gehe ich zu einem anderen Reporter, und zwar mit einer Geschichte, die ihn berühmt machen wird. Warte nur. Es wird dir noch leid tun! dachte sie und schnippte die Asche in den glänzenden Edelstahlabfluß in der Mitte des Bodens.

Am nächsten Morgen gegen elf nahm Cindy den Bus, als sie ihre Wohnung in der Innenstadt verließ. Sie hatte den Chef um die Spätschicht gebeten, damit sie »es noch einmal versuchen konnte, den Fluß zu überqueren«.

Diesmal nahm sie den Bus von der Brücke zur Praxis der Zahnärztin, um sicherzugehen, daß niemand sie erkennen würde. (Sie mußte jede nur erdenkliche Vorsichtsmaßnahme ergreifen.) Sie stieg sogar mehrere Straßenzüge vor der Zahnarztpraxis aus, damit niemand im Bus einen Zusammenhang herstellen konnte.

Nachdem sie sich vergewissert hatte, daß niemand sie sah, betrat sie schnell die Praxis und drehte sich noch einmal um, wie in einem Krimi. Sie ging geradewegs auf die Tür zum Hinterzimmer zu und trat ohne Klopfen oder Vorankündigung ein. Die Zahnärztin gab Cindys Zahn, den sie vorläufig auf den Negativabdruck von Cindys Oberkiefer gesteckt hatte, gerade den letzten Schliff.

Beunruhigt dachte Cindy, es muß zwei Formen geben. Sie ließ ihre Blicke über den Arbeitstisch der Zahnärztin schweifen und entdeckte in Sekundenschnelle die zweite Form. Nun mußte sie zwei zerstören statt einer, wie sie geplant hatte.

Wie mach ich das nur? Wie soll ich das nur machen? fragte sie sich immer wieder.

Auf Anweisung der Zahnärztin setzte sie sich auf den Behandlungsstuhl. Die Zahnärztin brauchte ein paar Minuten, um die Mischung zuzubereiten, die Cindys Zahn an den kleinen Stummel vorn in ihrem Mund festkleben sollte. Nach etwa zwanzig Minuten war die Prozedur vorbei, und Cindy hatte einen funkelnagelneuen Zahn.

Sie ließ die Zunge über die Schneidezähne gleiten, um festzustellen, wie sie sich anfühlten, und sagte: »Das fühlt sich guuut an! Und sooo schnell!«

Die Zahnärztin fragte sie, ob sie die Zähne gereinigt haben wollte, und Cindy fragte: »Was kostet das?«

Die Zahnärztin nannte einen kleinen Betrag, doch obwohl es verglichen mit amerikanischen Gebühren nichts war, hatte Cindy noch nicht einmal daran gedacht, sich die

Zähne reinigen zu lassen, und hatte keinen Pfennig mehr mitgenommen, als sie der Zahnärztin für den Wurzelkanal und den neuen Zahn schuldete und was sie für den Bus, die Brücke und den Maiskolben brauchte, den sie zur Feier des Tages auf ihrem Weg nach Hause kaufen wollte.

Einen Maiskolben kann ich immer wieder essen, dachte sie.

Als die Zahnärztin von Cindy wegtrat, um ihre Hände in dem kleinen Becken neben dem Röntgenapparat zu waschen, stieß Cindy einen Schrei aus und tat, als kippe sie aus dem Stuhl. Sie griff nach dem kleinen Arbeitstisch, um ihr Gleichgewicht zu halten, riß das Wachstuch von dem Tischchen, und alles fiel zu Boden. Im Handumdrehen machte Cindy Bestandsaufnahme – beide Abdrücke waren zerschmettert.

Was für eine Leistung! dachte sie und machte sich unter vielen Entschuldigungen daran, die Instrumente wieder auf den Tisch zu legen.

Die Zahnärztin sagte, sie solle sich keine Gedanken machen. Cindy weinte Krokodilstränen. Die Zahnärztin versicherte ihr, daß nichts zu Schaden gekommen sei außer den beiden Abdrücken, die sowieso zu nichts mehr zu gebrauchen gewesen seien. Das einzige, was außerdem zerbrochen sei, sei ein kleiner runder Spiegel, in dem sie ihre Zähne hätte begutachten sollen.

Die Zahnärztin zog ein paar Tücher aus einer Kleenexschachtel am Waschbecken und versuchte, die nun heftig weinende Cindy zu trösten.

»Nun machen Sie sich doch keine Gedanken«, sagte sie. »Es tut mir nur leid, daß Sie nicht sehen können, wie schön Ihr neuer Zahn aussieht, denn das war mein einziger Spiegel.«

Rot, Blut und nun ein zerbrochener Spiegel, dachte Cindy. O mein Gott!

Cindy stieß noch einen weiteren Schrei aus. Die Zahnärztin schenkte ihr einen Becher gefiltertes Wasser aus einem Plastikkrug ein. (Es schien ihr ratsam, kein Leitungswasser zu nehmen, um eine Infektion zu vermeiden.) Nach einigen kleinen Schlucken gewann Cindy die Fassung wieder, stand auf, brachte ihren Rock in Ordnung und bezahlte die Zahnärztin, wobei sie sich ununterbrochen entschuldigte. Sie machte sich »auf zum Teufel« – wie sie es in dem Western gehört hatte, den sie am Abend zuvor, kurz vor dem Einschlafen, auf TBS gesehen hatte.

Sie machte sich auf den Weg zur Brücke und löschte jede Erinnerung an die Zahnärztin, ihre Praxis und das Stadtviertel, in dem sie wohnte, aus dem Gedächtnis. Entschlossen legte sie etwa 1500 Meter zurück, wobei sie alle paar Schritte nach hinten schaute, um sich zu vergewissern, daß ihr niemand folgte. An der Ecke der Straßen Pino Suarez und Nacataz stieg sie in einen grünen Bus, der Richtung Brücke fuhr.

Sie hatte sich einen Platz im hinteren Busteil gewählt, wo sie »amonym, anomyn, anunym oder wie es nun hieß« blieb, neben einer alten Dame, die einen Käfig mit zwei Hühnern hielt. Sie zog ihre Puderdose hervor und versah ihre Wangen im Nu mit einem rosaroten Erröten.

Wieder ließ sie ihre Zunge über die Zähne gleiten, um sich zu vergewissern, daß sich der neue Zahn gut anfühlte, und dachte: Guuut und sooo schnell! Guuut und sooo schnell!

Einen halben Straßenzug vor der Brücke stieg sie aus. Als sie vom Bus auf die Straße trat, bekreuzigte sie sich, zupfte ihren Rock glatt, fingerte an ihrer etwas hervorstehenden Haarnadel herum, straffte die Schultern und dachte noch einmal: Hollygwood, paß auf, hier kommt Cindy!

Auf der Brücke hielt sie vom ersten Schritt an Ausschau nach Reportern. Es waren so viele da, daß sie nicht wußte, welchen sie wählen sollte, welcher der bekannteste war. Direkt vor ihr stand eine Frau mit einer Kamera, die einen großen roten Aufkleber mit den Buchstaben CNN trug. Eine junge, gutgekleidete *americana* stand vor der Kamerafrau und sprach in das Mikrophon, sie war offensichtlich auf Sendung. Cindy mußte schnell handeln. Ohne lange zu überlegen, stolzierte sie auf die Frau zu, und als sie sie erreicht hatte, fiel sie auf die Knie und schluchzte:

»Ein Wunder ist geschehen! Ein Wunder! Schauen Sie! Schauen Sie!« schrie Cindy und deutete auf ihren neuen Zahn. »Mein Zahn! Er ist nachgewachsen! Vor zwei Monaten ist er abgebrochen, und ich war auf dem Weg zum Zahnarzt, und sehen Sie, sehen Sie nur, er ist nachgewachsen! O mein Gott! O mein Gott! Ein Wunder ist geschehen! Ein kleiner Junge, da drüben. Wo ist er hin? Da drüben, o mein Gott, er ist weg! Er hat mir Flußwasser gegeben, und während ich es getrunken habe, hatte ich das Gefühl, ohnmächtig zu werden, und dann tat es sehr weh in meinem Mund, und dann – war der Zahn da! Herr Jesus, ein Wunder!«

Die Kamera lief. Cindys Tränen wurden rosa, als sie über ihre Wangen auf das heiße Pflaster von Südtexas fielen.

4

Lola und Lorena

Die beiden Mädchen im Bluejeans-Minirock und engen Stretchtop standen an der Bushaltestelle und waren gerade dabei, sich die Lippen zu schminken, als ihnen der Stift beim Weiterreichen aus der Hand rutschte, in eine Ritze des zementierten Bürgersteigs fiel und sich so fest verkantete, daß sie ihn, obwohl sie sich auf den Bürgersteig hockten, nicht herausholen konnten, ohne ihre aufgeklebten Fingernägel abzubrechen.

»Was ist denn mit dir los, Lorena?« sagte die eine zur anderen. »Den Lippenstift hab ich grad bei Walgreens gekauft. Sieben Dollar hat er mich gekostet. Die krieg ich von dir wieder, du Miststück!«

»*Ay*, Lola«, antwortete Lorena. »Ich kann doch nichts dafür. Ich bin völlig verschwitzt. Es ist heiß! Der Lippenstift ist mir einfach aus der Hand gerutscht, wie ein Butterfinger.«

»Was?« fragte Lola. »Was soll denn das heißen, ›wie ein Butterfinger‹?«

»Das sagen die immer im Fernsehen, wenn jemand etwas anstößt und die Sache dann umfällt oder wenn sie was fallen lassen, wie mir das eben passiert ist«, sagte Lorena. »Dann mußt du sagen: ›*Mira*, Lorena, was bist du für ein Butterfinger‹.« Lorena lachte.

»Lorena, Mädchen, ich glaube, du weißt nicht, was du da redest«, sagte Lola.

»Halt die Klappe«, erwiderte Lorena.

»Nein. Selber Klappe. Wart auf den Bus und halt die Klappe. Ich hab keine Lust mehr, mit dir zu reden«, sagte das eine Mädchen zum anderen.

Man konnte sehen, wie die Hitzewellen aus der Tür der Bäckerei drangen, vor der die beiden auf den Bus zur Stadtmitte warteten. Die Farbe von dem selbstgemachten Holzschild über der Tür, auf dem »Sonias Bäckerei« stand, war vor lauter Hitze abgeblättert.

Über dem abgeblätterten Schild schaukelte meterlang freiliegender Draht, von altem Isolierband zusammengehalten, das aber nicht mehr klebte. Der Draht verband das winzige Radio in der Bäckerei mit dem alten grauen Lautsprechertrichter, der krumm und schief an die Wand geschraubt war, vor der die Mädchen standen.

»Oh, das ist mein Song!« schrie Lola auf. Nicht mehr zu halten, stolperte sie mit ihren Stöckelschuhen, die ihr eine Nummer zu klein waren, wie wild durch die Tür, hinein in Sonias Backstube.

Wenige Sekunden später hielt sie eine dicke Frau mittleren Alters an der Hand und zog sie aus der Bäckerei. Die Frau hielt die Hand einer weiteren Frau, die die Hand einer weiteren Frau hielt, die die Hand einer weiteren Frau hielt, die die Hand einer weiteren Frau hielt, und alle schwitzten kräftig in ihren weißen, mehlbestäubten Schürzen, die eng um die Taille gebunden waren. Die Haare in ein dickes schwarzes Netz geschoben, kamen sie aus der Bäckerei hervor wie eine Affenhorde.

»Okay, Leute, stellt euch in der Reihe auf. Macht schnell! Der Song ist gleich vorbei«, jammerte Lola, als wäre sie eine berühmte Choreographin.

»Jetzt, vorwärts, Drehung, Wechsel. Vorwärts, Drehung, Wechsel. Nein, Mary, so nicht, so«, sagte sie zu der ersten Frau, die sie aus der Bäckerei gezogen hatte.

Graziös versuchte sie sich zu drehen, die Hände zur Seite und leicht angehoben, den kleinen Finger abgespreizt, da knickte ihr Fuß genau am Absatz um, und sie schrie auf: *»Ayyyy!«* Doch sie fing sich gleich wieder, ganz der Profi, als der sie sich fühlte, und fuhr fort: »Schritt zurück, Schritt zurück. Jetzt Drehung. Gut! Gut! Schön seht Ihr aus! Wunderbar seht ihr aus! Sagenhaft seht ihr aus! Oh, wie ich diesen Song liebe!«

Die Musik plärrte, von Störgeräuschen unterbrochen. Sie tanzten fröhlich, schwitzten, vertaten sich, stolperten, aber tanzten unter der heißen Sonne von Südtexas, bis sie den Bus die Straße heraufkommen sahen.

»Komm, Lola!« schrie Lorena. »Da ist der Bus!«

Lola sah die Straße hinunter und erblickte den Stadtbus etwa einen Straßenzug entfernt.

»Eins, zwei, drei, vier, Drehung. O mein Gott, wir müssen los, Leute«, sagte sie zu den Frauen und machte sich zur Straßenecke auf, zum Bus. »Ich finde euch einfach toll, wirklich, ich finde euch ganz toll! Schön macht ihr das, ihr seid einfach sagenhaft!«

Die Frauen aus der Bäckerei winkten den beiden Mädchen nach, die zum Bus rannten. Lola knickte wieder um, wegen ihrer hohen Absätze, und fluchte auf spanisch: *»Pinches zapatos pendejos!«*

Im Bus setzten sie sich auf die einzigen Sitze, die noch nebeneinander frei waren.

Lola sagte: »*Ay*, Lorena, komm mir nur nicht zu nah. Du triefst ja vor Schweiß! *Uy!* Nun schau dir das mal an, dein Schweiß ist auf meinem ganzen Rock verteilt. Du mußt mir einen neuen kaufen. Sieh dir das an. Ich wette, das gibt Flecken. *Ay*, Lorena, du bist so ... so ... klebrig. Ja, du bist klebrig. Hast du ein Deo benutzt? Es riecht hier nämlich so komisch. Ich glaube, du stinkst, Lorena. Lorena, du bist am Triefen und Miefen, hahaha!«

»Halt die Klappe, Lola. Du bist eine *puta*«, sagte Lorena und fuhr fort: »Du bist *basura!* Abfall. Das bist du. Du bist *basura,* Abfall. So wahr ich lebe.« Und sie stand auf und quetschte sich auf einen Sitzplatz neben einem alten Mann, der sich ihr zuwandte und sagte: *»Buenas tardes, señorita.«*

Lorena sagte zu Lola: »Siehst du, Lola. Ich bin eine *señorita,* keine dreckige *basura* Mülltüte wie du.«

Lola zog eine Feile aus ihrer kleinen Tasche mit dem langen Riemen und machte sich daran, ihre Nägel zu feilen. »Du bist Luft für mich, Lorena. Siehst du, du bist einfach Luft für mich. Halt deine Klappe und sag kein Wort mehr zu mir, bis wir in der Stadt sind. Nein. Nein. Sag ja kein Wort mehr, bis wir in der Stadtmitte sind.«

Sie sah aus dem Fenster in Richtung Osten, auf die andere Seite des Highway 35, und murmelte: »O mein Gott, gleich regnet es!«

Gerade als sie die Plaza St. Thomas erreichten, wo sie aussteigen wollten, explodierten die Wolken, und fast alle im Bus schrien laut auf. Lola schnappte sich eine Zeitung, die auf dem Boden des Busses lag, hielt sie sich über den Kopf und rannte zur Markise von Rexall Drugs an der Ecke. Lorena folgte ihr zum Bürgersteig, und beide gingen in den Laden.

Die alte Frau, die schwarze Brille an einer Silberkette um den Hals, wünschte den ihr wohlbekannten Kundinnen einen guten Tag und fragte, wie es ihnen gehe.

»O mir ging es gut«, sagte Lola, »bis dieser Regen anfing. Nun fällt meine Frisur in sich zusammen!«

Sie warf einen Blick in den Spiegel auf der Kosmetiktheke und versuchte, ihr Haar wieder in Ordnung zu bringen.

»Miss Perez«, sagte Lorena, »haben Sie einen Lippenstift namens Raspberry Cream? Lola hat mir einen geliehen, den sie bei Walgreens gekauft hatte, und er ist in einer Ritze im Bürgersteig steckengeblieben, als wir getanzt haben. Sie besteht darauf, daß ich ihr einen neuen kaufe. Haben Sie einen?«

»Nein, meine Liebe«, antwortete Miss

Perez, leicht verwirrt ob des Tanzens, aber sie wußte, daß sie besser keine Fragen stellte, »nicht Raspberry Cream, dafür habe ich aber einen, der Raspberry Frost heißt und Spearmint enthält und sich kühl anfühlt, richtig kalt, wenn man ihn aufträgt. Hier, probieren Sie mal.«

Lorena machte sich auf den Weg zum Tresen, hinter dem Miss Perez stand, aber Lola sprang von dem hohen Hocker herab, auf den sie sich gleich bei ihrer Ankunft gesetzt hatte, stieß Lorena zur Seite und sagte: »Nein, Lorena. Miss Perez, der Lippenstift ist für mich. Mir müssen Sie ihn zeigen. Mich müssen Sie probieren lassen.«

Lola probierte den Stift auf ihren Lippen aus und gab ihn Miss Perez zurück, die ihn mit einem Wattebällchen abrieb und Lorena reichte, damit sie ihn ebenfalls ausprobieren konnte.

»O Lola«, sagte Miss Perez, »die Farbe steht Ihnen wirklich wunderbar. Sehen Sie nur!«

Sie reichte ihr einen kleinen, runden Spiegel und sagte: »Die Farbe sieht wunderschön aus. So richtig rot. Genau wie der Fluß.«

Lola sah Miss Perez fragend an und sagte: »Was meinen Sie mit ›genau wie der Fluß‹?«

Miss Perez fragte: »O mein Gott, haben Sie das denn nicht mitgekriegt? Der Fluß ist rot. Irgend etwas ist passiert. Haben Sie nicht ferngesehen? Der Fluß ist ganz rot. Niemand weiß, was mit ihm los ist, aber er ist ganz und gar rot. Rot, rot ... dunkelrot, wie der Lippenstift!«

»Nein!« antwortete Lorena. »Was ist denn passiert? Wieso ist er rot?«

»Das weiß niemand«, sagte Miss Perez. »Es sind Sachverständige aus Washington da oder so und versuchen herauszukriegen warum, aber niemand weiß es. Aber alle sind da. Die ganzen Fernsehsender aus der ganzen Welt. Es heißt, daß sogar dieser Mensch, dieser Tom Prokob, von CBS, heute morgen angekommen ist. Ich weiß es natürlich nicht genau, mit eigenen Augen gesehen habe ich ihn nicht, aber Miss Jones vom Kaufhaus Richer hat mir erzählt, er sei gekommen, um einen Schlips zu kaufen. Vermutlich hat er alle seine Schlipse in Washington oder New York oder wo immer er lebt, vergessen.«

»O mein Gott, Lorena, da müssen wir hin!« sagte Lola. »Ich muß sehen, was da los ist.«

»Lola«, erwiderte Lorena und wies auf das Fenster. »Nun schau bitte mal raus! Es gießt in Strömen. *Mira!* Willst du unbedingt naß werden?«

»Halt die Klappe«, erwiderte Lola. »Bezahl den Lippenstift. Du schuldest ihn mir. Miss Perez, sie bezahlt den Lippenstift. Oooh! Er fühlt sich so kühl an.« Und während sie sich die Lippen leckte, fuhr sie fort: »Ich mag ihn, Miss Perez. Ein schönes Rot. Eine Tüte brauch ich nicht.«

Sie ließ den Lippenstift in ihre kleine Tasche mit dem langen Riemen gleiten.

Der Regen hörte genau so schnell auf, wie er begonnen hatte. Er dauerte nur eine Cola am Erfrischungsstand, und die teilten sie sich.

»Los, Lorena«, sagte Lola und zeigte auf einen rasch vorbeifahrenden Übertragungswagen. »Schau, da fährt CBS. Mach schnell!«

»O Mann«, jammerte Lorena. »Ist das vielleicht heiß.«

Beim Öffnen der Glastür traf Lola und Lorena unbarmherzig ein Schwall feuchter Luft.

Sie eilten in Richtung Brücke. Lola knickte wieder um mit ihren Stöckelschuhen.

Beide waren sie erstaunt, geradezu sprachlos, als sie die Ecke von der Hidalgo Street auf die Convent Street hinter sich gebracht hatten. Soweit das Auge reichte, standen Hunderte, vielleicht Tausende von Menschen vor der Brücke. Die Straßen waren mit Autos, Lastwagen, Rettungsfahrzeugen und Sattelschleppern blockiert.

Lola sagte zu Lorena: »Mach deinen Mund zu, Mädchen. Eine Dame zeigt nicht soviel Zunge. Außerdem könnte sich ein Insekt verirren.«

»O mein Gott«, sagte Lorena. »So viele Leute habe ich hier noch nie gesehen. Noch nicht einmal, als sie jeden von der anderen Seite ohne Papiere einreisen ließen. Wie hieß das noch?«

»Lorena«, antwortet Lola, »du bist übergeschnappt. Ohne Papiere haben sie noch nie jemanden reingelassen.«

»Doch, Lola, meine Mutter hat mir erzählt, daß sie die Brücke einmal im Jahr geöffnet haben, während des Fests, und jeden reingelassen haben, der rüberkommen wollte«, sagte Lorena.

»Nun, dann ist deine Mutter eben auch übergeschnappt«, erwiderte Lola.

»Red nicht so über meine Mutter, Lola. Lola, du bist ein Miststück. Möge sie in Frieden ruhen«, sagte Lorena und bekreuzigte sich.

Sie liefen weiter in Richtung Brücke. Zwei Straßenzüge davor pfiff ein dicker Taxifahrer Lola zu und schrie: »Hey, *mamacita,* du hast so schöne stramme Beine wie meine dicke Frau. Komm rüber, dann zeig ich dir, was ein echter Mann ist.«

»Fick dich selbst«, schrie Lola zurück und zeigte dem dicken Taxifahrer den Finger. Er stand mit drei anderen neben dem Telefon auf dem Pfosten, wo ihre Anrufe eingingen.

»Nein, du dickes *joto*«, erwiderte der Taxifahrer, »das Ficken macht doch dir Spaß, und zwar in den Hintern.«

Lola rannte hinüber zu dem Taxifahrer und drosch mit der Tasche auf ihn ein. Der Taxifahrer versetzte ihr einen Schlag ins Gesicht, und Lola fiel auf den heißen, nassen Gehsteig. Lorena rannte zu dem dicken Taxifahrer und verpaßte ihm einen heftigen Tritt ins Gemächt.

In diesem Augenblick erschien die Polizei. Die Beamten stießen Lola, die gerade aufstehen wollte, erneut zu Boden, und einer verdrehte ihr den Arm. Lauthals beschimpfte Lorena die Beamten: *»Pinche policía pendejo«*, woraufhin sie Lola losließen und sich Lorena zuwandten.

»Hau ab, Lola, hau ab«, kreischte Lorena. »Renn über die Brücke. Dort können sie nicht an dich ran!«

Lola stand auf, noch immer schwindelig, und rannte auf den Eingang der Brücke zu. Wieder knickte sie wegen ihrer hohen Absätze um. Sie beugte sich vor, zog die Schuhe aus, packte sie mit der einen Hand und bewarf den dicken Taxifahrer, der auf dem Gehsteig saß und sein Geschlechtsorgan tröstete, mit einer leeren Sodadose. Dann rannte sie so schnell sie konnte auf das Drehkreuz am Eingang der Brücke zu, wie ein Desperado, der sein Pferd über den Fluß reitet.

Inzwischen lachten die Polizisten über den Vorfall und ließen Lorena laufen. Sie entfernte sich eilig und versuchte Lola einzuholen, die schon die Hälfte der Brücke zurückgelegt hatte und noch immer rannte.

»Warte, Lola!« schrie Lorena. »Warte doch auf mich!«

Lola drehte sich um, als sie Lorena hörte, und fiel fast hin, weil direkt neben ihr ein Sattelschlepper hupte. Sie bückte sich, um ihre Stöckelschuhe wieder anzuziehen, und dabei schaute sie nach vorn und sah eine Frau, die ein Kind gebar, und einen Hubschrauber darüberfliegen mit einem Kameramann, der aus der Tür hing und alles mit der Kamera einfing. »Lola«, schrie Lorena, als sie sie einholte.

Sie packte Lola bei der Schulter, so daß diese in ihren hochhackigen Schuhen ihr kaum erlangtes Gleichgewicht wieder verlor. Lola knickte um, machte einen Satz vorwärts und fiel flach aufs Gesicht. Die merkwürdige Mischung von dem heißem Teer der Straße und den Maulbeeren vom Fluß drang ihr in die Nase. Beim Aufprall auf den Gehsteig öffnete sich ihre Tasche, der funkelnagelneue Lippenstift kullerte heraus, und sie konnte nur noch zusehen, wie er an den Brückenrand rollte und in den roten, roten Rio Grande plumpste.

5

Estela

Estela verließ ihren Ehemann nach 57 Jahren, im Alter von 75 Jahren. Sie packte ein paar einfache Kleider in ihre Netztasche aus Plastik und ging zur amerikanischen Seite des Flusses, auf demselben Weg wie alle Tage – nur daß es diesmal für immer war.

Nie wieder würde sie zu diesem verfluchten Mexiko und ihrem verfluchten mexikanischen Mann zurückkehren. Sie ging geradewegs zur Süßwarentheke im JC Penney in der Convent Street, kaufte sich ein Pfund schokoladeüberzogene Rosinen und hoffte, sie würden nicht alle in der Hitze der heißen Sonne von Südtexas schmelzen, bevor sie sie aufgegessen hatte. Der Geruch von Schokolade, Popcorn und billigem Polyester, der aus den Lüftungsschächten drang, kühlte sie ab, als sie an diesem Morgen in das Kaufhaus ging. Nachdem sie ihre Schokorosinen gekauft hatte, stand sie da, starrte die Rolltreppe an, steckte die Süßigkeiten eine nach der anderen in den Mund und erholte sich von der Hitze, ihre Oberlippe mit feinem Schweiß bedeckt.

Plötzlich fiel ihr der große Streit ein, den sie vor diesem Laden mit ihrem Mann gehabt hatte, vor vielen, vielen Jahren, nur einen halben Straßenzug entfernt, genau dort auf der Ecke von Convent und Lincoln Street, an dem Tag, als der Präsident die Stadt besucht hatte. Sie erinnerte sich an das berühmte Bild von Richard Nixon, wie er im offenen Wagen stand, die Arme im Sieg erhoben, Woolworth dazwischen. Die intensive Morgenhitze strahlte, perlfarben glänzend, von der schwarzen Motorradkavalkade ab. Wütend, frustriert und verwirrt stand sie an jenem heißen Maitag dort und aß Schokorosinen, mit einem Gesicht, dessen Röte der Hitze des Tages in nichts nachstand, und hatte überlegt, ob sich der Präsident der Vereinigten Staaten je mit seiner Frau stritt.

Die Streitereien hatten sich über Jahre hingezogen.

»*Qué calor, verdad?*« sagte jemand zu ihr und klopfte ihr leicht auf den Rücken.

Als sie über die Schulter schaute, war niemand zu sehen.

Diese Hitze raubt mir den Verstand, dachte sie und ging durch die Tür, die Straße entlang zur Convent Street hinunter. Wenn man in Richtung Brücke blickte, führte die Convent Street genau auf die Brücke, und die Brücke führte genau auf die Guerrero. Aus der Guerrero wurde die Convent, aus der Convent die Guerrero. Zwei verschiedene Straßen. Zwei verschiedene Länder. Zwei verschiedene Welten. Heißes schwarzes Pflaster trennte sie. Sonst nichts.

Sie berührte ihre Brust mit der Hand und vergewisserte sich, ob das Päckchen, das sie über die Brücke geschmuggelt hatte, noch in ihrem Büstenhalter steckte.

»O Lucita«, sagte Estela auf spanisch zu ihrer Nichte. »Vielen Dank, daß ich hier bleiben darf, *hija*.«

»*Tía*, du weißt doch, daß du dich hier aufhalten darfst, wann immer du willst. Meine kleine Wohnung ist deine Wohnung«, sagte Lucita und ergriff ihr Gepäck. Sie war auf dem Weg nach San Antonio, wo sie mit ein paar Arbeitskolleginnen das lange Wochenende verbringen wollte. Sie fuhr fort: »Denk dran, abends die Tür abzuschließen, *Tía*. Ich komme am Sonntagabend zurück. Im Kühlschrank ist jede Menge zu essen. Die Telefonnummer meines Hotels liegt auf dem Kühlschrank. Ruf mich an, wenn du etwas wissen möchtest. Ich hab dich lieb.«

»Tschüß, *hija*«, sagte Estela. »Danke schön. *Vaya con Dios*.«

Sobald das Auto außer Sichtweite war, nahm Estela ihr Portemonnaie und machte sich auf den Weg zum Supermarkt, mehrere Straßenzüge weit entfernt. Es war erst zehn Uhr morgens, aber der Boden gab noch die Hitze vom Vortag ab.

Ich gehe nach Hause und decke den Tisch für sein Mittagessen, wie ich es an so vielen gottverlassenen Tagen getan habe, dachte sie auf spanisch. Gott sei Dank habe ich den Haustürschlüssel noch. Er wird für jedes Dienstmädchen, mit dem er geschlafen hat, bezahlen. Er wird dafür bezahlen, daß er mir in den mehr als fünfzig Jahren, die wir zusammen waren, nie auch nur einen einzigen Peso gegeben hat. Wie lange waren wir eigentlich zusammen? Ich weiß es noch nicht einmal mehr. O Roberto, du wirst dafür bezahlen. *Lo voy a matar.*

Der Supermarkt war unglaublich voll und unglaublich kalt. Sie kannte das schon und hatte ihr Schultertuch mitgebracht. Die Glastüren öffneten sich automatisch, als sie darauf zuschritt, und sie griff rasch einen Wagen, um sich beim Laufen zu stützen. So rüstig sie auch war, die letzten paar Tage hatten sie erschöpft, und die Hitze, die Hitze war einfach unerträglich. Als erstes ging sie in die Abteilung mit den mexikanischen Lebensmitteln. Sie suchte lange nach den Gläsern mit der Molesauce, bis sie sie endlich auf der gegenüberliegenden Seite des Ganges entdeckte. Sie brauchte auch Brot, mexikanische Blockschokolade, Erdnußbutter, Knoblauch, Pfeffer, eine feuerfeste Auflaufform aus Glas, eine kleine Rolle Alufolie und natürlich Hühnerfleisch, nur die Brust – anderes Fleisch aß er nicht.

»Alles andere«, pflegte er zu sagen, »das dunkle Fleisch, ist für die Armen.« Damit wollte er eigentlich sagen, daß das dunkle Fleisch für sie war.

Sie kaufte alles, was sie brauchte, weil sie nichts aus dem Schrank ihrer Nichte nehmen wollte. Sie wollte sie nicht in das hineinziehen, was sie vorhatte. Auf dem Weg zu den Kassen hob sie wieder die Hand an die Brust, um sich zu vergewissern, daß der kleine Beutel noch da war. Als sie ihn fühlte, begann ihr Herz zu rasen. Sie fühlte sich schwach, aber hellwach.

Langsam ging sie zum Haus ihrer Nichte zurück. Sie war schweißgebadet, als sie ankam, und entkleidete sich sofort, kaum daß sie die Tür hinter sich zugezogen und abgeschlossen hatte. Als sie ihr Hauskleid über den Kopf zog, fiel der kleine Beutel aus ihrem Büstenhalter zu Boden. Sie blickte ihn an; sie starrte und starrte, wie es ihr schien, ihn eine lange Zeit an.

Das Hühnerfleisch war nicht mehr kalt. Nackt hob sie die Packung mit den Hühnerbrüsten vom Boden auf, ging in die Küche und legte sie in den Kühlschrank. Sie riß ein kleines Loch in das Plastik, um sich zu vergewissern, daß das Hühnerfleisch nicht verdorben war.

Wenn er auch nur den Verdacht hat, es könnte verdorben sein, rührt er es nicht einmal an, dachte sie. Ihre Nasenspitze war ein bißchen feucht, wo sie die Packung berührt hatte.

Behutsam ging sie ins Badezimmer, als wären ihre alten Knochen in den letzten Tagen sehr schwer und gleichzeitig brüchig geworden. Die neumodischen Wasserhähne mit ihrer Temperaturregelung machten ihr Schwierigkeiten, sie brauchte so lange, daß sie es sich noch einmal überlegte. Sie wollte doch lieber ein Bad nehmen. Ihre Nichte hatte auf dem kleinen Badezimmerschrank neben dem Waschbecken durchsichtige rosa Schaumbadkugeln, davon warf sie ein paar ins Wasser, merkte dann aber, daß sie vergessen hatte, den Stöpsel in den Abfluß zu stecken. Obwohl sie sich eigentlich rasch vornüberbeugen wollte, neigte sie sich nur langsam vor und drückte den Stöpsel behutsam an seinen Platz. Die Badeperlen hatten bereits begonnen sich aufzulösen und Schaum zu bilden. Sie saß nackt auf der Toilette, auf dem geschlossenen Deckel, betastete ihren Körper und fühlte die Beschaffenheit ihrer Haut auf der Innenseite der Oberschenkel. Sie erinnerte sich, wie straff und glatt sie einst gewesen war. Sie erinnerte sich, wie ihr Mann sie zärtlich geküßt hatte, genau auf diese Stelle, vor vielen, vielen Jahren. Sie erinnerte sich an die Liebe, und sie weinte.

Das heiße Wasser überzog den Badezimmerspiegel mit einer Dampfschicht, und auch an ihrem Körper glitten Schweißperlen hinab. Eine Minute lang beobachtete sie, wie die winzigen Tropfen zwischen ihren Brüsten hinunterrollten, über ihren Bauch und weiter zwischen ihre Schenkel. Es fühlte sich an, als würde ihr ganzer Körper weinen. Tropfend stand sie auf und stellte erst den einen, dann den anderen Fuß in die halbvolle Wanne, bewegte sich sehr langsam, bis sie im Wasser lag. Brüste und Bauch ragten daraus hervor, weichten in einem riesigen Tränenteich auf. Und in diesem Tränenteich ruhte sie sich aus.

Der Topf, in den sie die Hühnerbrüstchen gelegt hatte, dampfte. Er füllte die Wohnung mit dem heilsamen Duft von Hühnerbrühe.

Lo voy a matar, dachte sie, und kochte die Mole stundenlang, wie sie es schon so oft getan hatte.

Als die Mole fertig war, füllte sie die Sauce in die Pyrex-Schüssel, die sie im Supermarkt gekauft hatte, und bedeckte sie mit Folie, die sie sorgfältig am Rand befestigte, für ihren langen Weg zurück auf die andere Seite.

»Lo voy a matar«, sagte sie schließlich laut. Sie durchsuchte ihre Tasche nach ihrem Lieblingskleid.

Ich werde *bien bonita* aussehen, dachte sie, als sie vor dem Badezimmerspiegel stand und den Unterrock anzog, den ihr Mann ihr vor zwölf Jahren geschenkt hatte. Sonst hatte er ihr während ihrer ganzen Ehe nichts geschenkt, und dazu gekommen war es überhaupt nur, weil ihr kleiner Sohn ihn gekauft und ihm gegeben hatte, als Geschenk für sie zum Hochzeitstag. Mit einem Ruck zog sie den Unterrock über den Kopf, denn die zarte Spitze hatte sich in ihrem linken Ohrring verfangen. Erst als sie in den Spiegel schaute, sah sie das Blut. Sie hatte den Ohrring abgerissen, das zarte Ohrläppchen in zwei Hälften gespalten. Mit einer Hand drückte sie die Wunde zusammen und suchte mit der anderen im Arzneischrank hinter dem Spiegel nach Heftpflaster.

Leise sagte sie wieder und wieder: *»Lo voy a*

matar! Lo voy a matar! Lo voy a matar!« Von diesem Augenblick an wurde es ihr Mantra.

Das Gewitter hatte sie in der Wohnung gar nicht bemerkt. Sie war so erfüllt von ihrem Vorhaben, daß sie nichts davon mitgekriegt hatte, was sich in der Stadt abspielte. Erst als sie den Eingang zur Brücke erreichte, merkte sie, daß etwas anders war.

Sie stand am Ende der langen Menschenschlange, die auf die Brücke wollte, ein Heftpflaster am Ohr und eine mit Alufolie bedeckte Pyrex-Schüssel liebevoll im Arm, als wäre sie ein Kind.

Als sie ihr Geld ins Drehkreuz steckte, hielt ihr ein Reporter ein Mikrofon vors Gesicht und fragte: »Haben Sie den Fluß gesehen, gnädige Frau?«

»Nein«, erwiderte sie. »Was ist mit dem Fluß? Ich habe keine Ahnung. Was ist los mit dem Fluß?«

»Nun, er ist rot, gnädige Frau«, erwiderte der Reporter.

»Was meinen Sie mit ›rot‹«? wollte sie wissen.

»Nun, niemand weiß, warum das so ist,

aber das Wasser des Flusses hat sich rot verfärbt«, sagte der Reporter.

»O mein Gott!« rief Estela aus. Sie wollte sich bekreuzigen, konnte es aber nicht wegen der Schüssel, die sie im Arm hielt. Gedankenverloren schob sie den Reporter zur Seite, um den Fluß zu betrachten.

Vor lauter Menschen konnte sie sich kaum rühren. Die Schüssel fiel ihr mehrmals fast aus der Hand, als die Leute sie vorwärts schoben. Sie war nun zwar nicht mehr ganz so traumverloren, ihr Kopf drehte sich aber noch immer, und das Mantra *Lo voy a matar!* hallte in ihr wider wie eine kaputte Schallplatte. Als es ihr endlich gelungen war, sich bis zum Brückenrand vorzuarbeiten, stellte sie die Schüssel auf das Geländer und starrte hinaus in den klaren, blauen Himmel von Südtexas. Die Farbe des Wassers nahm sie gar nicht richtig wahr. *Lo voy a matar!* tönte es ihr noch immer in den Ohren.

Mit leeren Augen starrte sie ins Wasser, blind vor Wut und vor Schweiß tropfend. Sie keuchte vor lauter Hitze und Feuchtigkeit. Das jähe laute Hupen eines Sattelschleppers riß sie aus ihrer Trance. Die Pyrex-Schüssel entglitt ihren Händen, fiel über das Geländer in den roten, roten Fluß. Und als sie sich umwandte, sah sie zwei alte Männer über die Brücke rennen, um einer schreienden jungen Frau zu helfen.

Estela gewann ihre Fassung wieder, atmete tief die nach Maulbeeren duftende Luft ein und stieß einen Seufzer aus. Sie bedeckte das Gesicht mit den Händen, erschnupperte einen Hauch der Mole und eine Spur des Gifts unter ihren Fingernägeln, und sie sagte laut: *»No lo voy a matar.«*

6

Perla

Genau in der Mitte hatte der Billardtisch einen Riß, und darauf starrte sie, betrunken. Auf ihren Nacken war eine kleine Jungfrau von Guadelupe tätowiert, aber sie war zerknittert wie ein Blatt Papier, das naß geworden und beim Trocknen geschrumpft war.

Eine leuchtend weiße Billardkugel knallte heftig gegen die Bande des Tisches und schreckte sie auf. Ihr Fuß rutschte von der handgeschmiedeten Eisenstange um den unteren Teil der Bar. Betrunken war sie und alt. Der Ball schlug gegen die Bande, immer wieder, kehrte wie ein Jojo zur Hand des jungen Spielers zurück.

»*Oye,* Victor«, sagte sie zu ihm. »Wieviel verlangst du, daß ich dich lutschen darf?«

»Du weißt doch, Perla, mit alten Damen mach ich es nicht gern«, antwortete er. »Wo ist denn eigentlich dein Freund?«

»Scheiße«, murmelte sie undeutlich, »der kriegt ihn noch nicht einmal mehr hoch.«

Victor lächelte nur.

»Nun mach schon, Victor«, rief sie wieder. »*Mira*«, sagte sie und nahm ihr Gebiß heraus. »*Tu no sabes,* wie sich das anfühlt, Junge.« Und sie mahlte wie ein Pferd auf ihren alten, rosafarbenen Gaumen herum, die Lippen weit geöffnet.

Mehrere Stunden und zehn Bier später war Perla vollständig betrunken, hockte krumm am Tisch, ihr Kopf hing baumelnd zur Seite, nur vom dürren, faltigen Hals und den ausgebreiteten Händen der Jungfrau von Guadelupe gehalten. Seit einer halben Stunde mühte sie sich ab, ein einzelnes Salzkorn vom Tisch aufzuklauben, aber sie schaffte es einfach nicht. Schließlich leckte sie den Finger leicht ab, und das Salzkorn blieb kleben. Sie wollte die Hand über dem Bierglas ruhig halten, konnte aber nicht verhindern, daß sie zitterte. Sie hielt sie, so ruhig sie konnte, stieß das Salzkorn mit dem Daumen vom Zeigefinger und beobachtete, wie es auf den Grund des Glases sank. Winzige Blasen sprudelten nach oben und zerplatzten eine nach der anderen unter ihrer Nase.

Die Cowboystiefel krachten hart auf ihren Tisch und verschütteten beinahe ihr Bier. Sie tat einen Satz, als erwache sie aus einem Alptraum, und starrte mit großen Augen auf das Stiefelpaar vor ihrer Nase. Ihr war so speiübel, daß es ihr nicht gelang, den Blick auf die blitzenden Silberspitzen der Stiefel zu heften. Gegen ihren Willen hüpften ihre Augen zu den Absätzen und von dort zum Staat Texas und dem Strauß Bluebonnets auf den handverzierten Schäften. Sie hüpften weiter zu den dunklen, behaarten Waden und zu den dunklen, behaarten Schenkeln. Sie hüpften hinauf zum leuchtendroten G-String. Sie sahen, wie sich seine Hände senkten, um den kleinen roten

Teufel tanzen zu lassen, der auf seinen Penis tätowiert war.

Als sie an diesem Nachmittag schließlich hinaus in die heiße Sonne von Südtexas trat, mußte sie ihre Augen mit der Hand abschirmen, damit das Licht sie nicht blendete. Die andere Hand legte sie um die Budweiserdose, die sie aus der Bar geschmuggelt hatte. Sie wollte sich vergewissern, ob sie noch in ihrer Tasche war. An der Ecke ruhte sie sich aus, gegen die Außenwand der Bar gelehnt, bis sie ein Rufen hörte, das ihr galt. Sie öffnete die Augen. Der Himmel war bedrohlich dunkel. Vor ihr stand wartend ein Stadtbus, die Türen geöffnet, und ihr alter Freund Mateo der Busfahrer rief sie vom Fahrersitz aus beim Namen.

»*Gracias*, Mateo«, sagte sie. »Ich war am Einschlafen.«

»Los, steig ein, Perla«, sagte der Busfahrer. »Mach rasch! Gleich regnet es.«

»O danke, Mateo«, sagte sie wieder und zog

sich die erste der drei Stufen hinauf in den Bus. Als sie die dritte und letzte Stufe nehmen wollte, verlor sie das Gleichgewicht und fiel beinahe rückwärts. Mateo sprang aus dem Fahrersitz, um sie festzuhalten. Er erwischte sie gerade noch rechtzeitig und half ihr einzusteigen und sich auf den Sitz direkt hinter ihm zu setzen. In Windeseile stank der Bus nach Alkohol, und ebenso schnell fiel sie in Schlaf, das Gesicht gegen die Scheibe gepreßt.

Seit dreizehn Jahren war Mateo Busfahrer, und jeden Freitag hielt er den Bus genau zur selben Zeit an derselben Ecke an, öffnete die Tür und weckte Perla aus ihrer betrunkenen Benommenheit. Jedes Jahr um Weihnachten herum schenkte sie ihm ein Päckchen mit Tamales. Dafür war er ihr aufrichtig dankbar, und wenn sie betrunken war, paßte er immer besonders gut auf sie auf.

Sie erwachte, als Mateo sie sanft schüttelte.

»*Donde estoy?*« fragte sie, nicht wissend, wo sie war.

»Wir sind in der Stadtmitte«, sagte er zu ihr. »Am Platz. Wir hatten ein heftiges Gewitter, es hat eine kurze Zeit richtig gegossen. Als es zu regnen begann, war niemand mehr im Bus. Ich dachte, daß du ausschlafen solltest.«

»*Ay*, danke, Mateo«, sagte sie zu ihm. »Du paßt immer so gut auf mich auf. Warum suchst du dir nicht eine nette Frau, auf die du aufpassen kannst?

»Dafür ist es wohl etwas zu spät, Perla«, erwiderte er. »Mein Heiratsalter ist vorbei. Und wozu brauche ich eine Frau, wenn ich mich doch um dich kümmern kann?«

»*Ay*, Mateo. Was willst du aber mit so einer alten Frau wie mir?«

»Aber nicht doch, Perla«, sagte er zu ihr. »Schau ins Fenster. Du bist noch immer schön.«

»*Ay*, Mateo, möge der liebe Gott einen Heiligen aus dir machen«, sagte sie. »Vielleicht könntest du Priester werden. Du wärst bestimmt ein sehr guter Priester.«

»Perla.« Mit einem leichten Kichern fragte er: »Bist du nicht mit Don Luis verabredet? Es ist schon später Nachmittag.«

»O mein Gott. Du hast ja recht«, sagte sie und versuchte mit ihren alkoholumnebelten und schlaftrunkenen Augen die Zeit auf ihrer Armbanduhr zu erkennen. »Ich muß mich wohl beeilen, ich war vor einer Stunde mit ihm verabredet. *Dios te bendiga*, Mateo«, sagte sie, als er ihr aus dem Bus half.

»Perla, paß auf«, sagte der Fahrer. »Drüben an der Brücke ist jede Menge los. Es heißt, der Fluß ist plötzlich rot geworden oder so. Da sind Polizisten und Fernsehkameras und alles. Ich bin den ganzen Tag an der Convent Street links abgebogen. Sie wollten mich nicht durchlassen. Paß ja auf!«

Sie war in Eile. Sie hörte kaum, was er sagte, als sie die Straße in Richtung Brücke überquerte. Sie hatte vergessen, daß sie mit ihrem Mann auf der mexikanischen Seite verabredet war.

Auf ihrem Zickzackkurs zur Brücke traf sie etliche Straßenzüge von ihrem Ziel entfernt auf ihre alte Freundin Dora, die ebenfalls betrunken war.

»Mensch, Perla«, sagte Dora. »Hast du schon den Fluß gesehen?«

»Nein, Dora«, sagte Perla. »Wie geht's dir?«

»O, mir geht's gut, Perla«, sagte Dora.

»Aber geh gleich zum Fluß! Beeil dich! Lauf! Er ist rot. Man weiß nicht, was passiert ist, aber er ist vollständig rot, und man sagt, ein Wunder ist geschehen. Die Leute trinken das Wasser, und die Kranken werden gesund. Ich weiß natürlich nicht, ob das stimmt, aber man sagt, es ist ein Wunder. Mach schnell. Schau es dir an. Trink von dem Wasser. Ich hab was getrunken, damit ich mit dem Trinken aufhöre. Ich weiß sonst nicht mehr, was ich machen soll, vielleicht hilft's. Wir werden ja sehen. Geh, Perla! Geh und hol dir was von dem roten Wasser! Du bist das Trinken doch auch leid. Geh!«

Perla verabschiedete sich und ging, so schnell sie konnte, zum Fluß. Das Trinken war ihr eigentlich egal, aber wenn es stimmte, was man sagte, dann mußte sie für ihre kleine Enkelin Wasser besorgen, die mit einer defekten Wirbelsäule geboren war. Perla erinnerte sich, wie die Ärzte gesagt hatten, daß das Kind unheilbar krank sei. Sie hatten es kaum retten können, als sie seinen Rücken wenige Tage nach der Geburt operiert hatten, um die Wirbelsäule wieder unter die Haut zu kriegen. Einer der Ärzte, der von der amerikanischen Seite, hatte gesagt, wahrscheinlich liege es daran, daß Perlas Tochter während der Schwangerschaft Wasser aus der Leitung statt aus den Plastikflaschen getrunken habe. Perla wußte nicht, woran es lag. Oft hatte sie sich die Schuld gegeben, weil sie so eine schlechte Mutter gewesen war, nie zu Hause, wenn ihre Tochter von der Schule kam, nie für sie da, immer bis um neun Uhr abends auf der Arbeit und von da gleich in die Bar. Sie hatte ihre Tochter nur am frühen Morgen gesehen, wenn sie sie in die Schule schickte. Ihre Tochter war praktisch allein aufgewachsen, hatte bereits im Alter von sechs Jahren gelernt, sich Rühreier zu machen. Perla war sich fast sicher, daß es ihre Schuld war, daß ihre Enkelin mit der Krankheit geboren worden war. Vielleicht war ihrer eigenen Tochter nichts passiert, weil Perla trank, aber sie wußte, daß Gott sie nun zur Kasse bat. Wenn sie nicht betrunken war, was in letzter Zeit allerdings so gut wie nie vorkam, betete sie ständig für ihre kleine Enkelin.

Dann kam ihr trotz ihres umnebelten Gehirns der Geistesblitz, in einen Lebensmittelladen von Minimax zu gehen, einen Straßenzug vom Fluß entfernt, und Schnur zu kaufen. Kaum im Laden, fiel ihr Blick auf den Schulbedarf an der ersten Kasse. Sie griff schnell nach einem Knäuel Kordel, einem großen, und stellte sich ein paar Minuten an, um es zu bezahlen. Dann eilte sie auf die Straße, um sich für die Brücke anzustellen.

Sie brauchte eine halbe Stunde bis zum Drehkreuz, und alle paar Minuten zog sie ihr Bier aus der Tasche und nahm einen Schluck. Als sie die Brücke endlich erreicht hatte, war die Dose fast leer. Sie stürzte den Rest hinunter, als sie ihre 25 Cent in das Drehkreuz steckte.

Sie mußte sich durch die Menschenmenge drängeln, um zum Brückengeländer zu gelangen. Dort starrte sie auf den Fluß und betete so inbrünstig, wie sie nur konnte, um ein Wunder. Sie nahm die leere Dose aus der Tasche und befestigte ungeschickt das Ende der Kordel am Ring auf dem Deckel. Dann senkte sie die Dose langsam zentimeterweise von der Brücke ins rote, rote Wasser, wobei sie ihre ganze Aufmerksamkeit auf die Dose konzentrierte, die in der heißen, sanften Brise schaukelte. Als die Dose schließlich auf der Wasseroberfläche landete, hatte sie fast keine Kordel mehr. Trunken vor Alkohol, trunken vom Wunder und trunken von Jesus, mußte sie auf den Zehenspitzen stehen und sich gefährlich weit über das Geländer beugen, bis die Dose voll Wasser gelaufen war.

Sie zupfte an der Kordel, um sich zu vergewissern, daß die Dose wasserschwer war, und zog sie dann rasch nach oben. In ihrem betrunkenen Zustand hatte sie Mühe, die Kordel zurückzuziehen, und mehrmals hätte sie beinahe danebengegriffen. Sie betete und betete, bei jedem einzelnen Ruck nach oben, die ganze Zeit, die sie an der Kordel zog , bis sie die Dose durch die Stäbe des Geländers sehen konnte. Sie holte tief Luft und sog die Mischung aus Alkohol und maulbeergeschwängerter Luft ein.

Als die Dose schließlich in Reichweite war und sie im Begriff war, die Hand über das Geländer zu schieben, um sie zu ergreifen, wurde sie vom lauten Hupen eines Sattelschleppers erschreckt. Fast wäre die Dose hinuntergefallen, hätte sie nicht noch schnell den Fingernagel ihres kleinen Fingers in den Dekkelring schieben können, so daß die Dose gerettet war. Erschöpft sank sie zu Boden und schloß eine Sekunde lang die Augen. Als sie sie wieder öffnete, sah sie, wie eine Frau auf der anderen Seite der Brücke ein Kind bekam.

Estoy soñando, dachte sie, in der Meinung, sie träume. Und in ihrem Traum betete sie für das Kind und ihr Kind und das Kind ihres Kindes.

Plötzlich fror sie. Es war die heiße Brise auf ihrer schweißnassen Haut. Sie roch den bitteren, strengen Alkoholgeruch, der ihren Poren entströmte, als die süßen Maulbeeren in der Luft sie in einen tiefen, tiefen Schlaf wiegten.

7

Lourdes

Lourdes fand einen Toten am Fluß, und zwar dort, wo der Fluß sehr breit war, man aber dennoch hinüberwaten konnte, weil er so flach war, daß das Wasser nur bis zur Hüfte reichte. Er lag da, tot, in dem kleinen, ein Meter breiten Tal des Wasserlaufs, der an dieser Stelle in den Rio Grande mündete.

Sie sah »etwas Glänzendes, Rotes« unter den vertrockneten Sträuchern an der Mündung des Baches, da, wo er sich in den Strom ergoß. Schon von weitem hatte sie es gesehen. Gleich als sie um die Kurve gekommen war, hatte es in der strahlenden Sonne von Südtexas so richtig geglitzert.

Als sie sich näherte, sah sie das »glänzende Etwas« an der Hand eines Mannes, der sich in die lockere, sandige Erde am Flußufer gekrallt hatte, wie um sich hochzuziehen. Aber er konnte es nicht. Dann sah sie die weiße Manschette und den schwarzen Anzug.

Bei dieser Hitze? dachte sie.

Sie hockte sich hin, legte die Hand mit Hilfe eines Zweiges frei und berührte den Stein des Ringes mit ihrem Zeigefinger. Er erschreckte sie, und sie zog den Finger zurück. Doch dann schob sie den Rubin geradewegs vom Finger des Toten, stand auf, griff in ihre Jeans und ließ den Ring in ihre Unterhose rutschen, wo er den Weg nach unten fand. Dann rannte sie los. Sie ließ ihre *chanclas* fallen, die sie in der Hand getragen hatte, während sie am Flußufer entlanggewatet war.

Sie hatte noch nicht einmal sein Gesicht gesehen. Sie konnte sich nur an seinen Arm erinnern, der wie ein Stück Treibholz hervorgeragt hatte, genau in ihrer Lieblingsgrotte, wo es schattig war, wo sie sitzen und darüber nachdenken konnte, warum sie immer zu spät kam.

Mit der Ausnahme von diesem Mal! Diesmal war sie als erste dagewesen!

Sie rannte zur Kuppe des Steilhangs, wo die Böschung des Flusses, der alle fünfzig Jahre einmal über die Ufer trat, bis an die Straße reichte. Und weil sie so aufgeregt war, als sie vom Flußbett nach oben an die Straße rannte, nachdem sie den toten Mann entdeckt hatte, vergaß sie, daß sie ihre Sandalen unten gelassen hatte, und das heiße, heiße Pflaster verbrannte ihr die Fußsohlen, und ein Auto näherte sich, und sie versuchte, die Aufmerksamkeit des Fahrers auf sich zu lenken, und sie war zu aufgeregt, um wieder nach unten zu laufen und ihre *chanclas* zu holen, als es ihr auffiel. Sie brachte das Auto zum Halten und bat den Fahrer, sie das Stück bis zum Laden an der Straße mitzunehmen, damit sie die Polizei rufen konnte.

Als der Polizist oben von der Uferböschung hinunter auf den Fluß schaute, fragte er sie: »Was hatten Sie denn da unten zu suchen?«

»Ich bin spazierengegangen.«

»Wissen Sie denn nicht, daß das gefährlich ist?«

»Nein«, sagte sie, »ich gehe immer am Fluß entlang. Am frühen Nachmittag. Dort drüben klettere ich hinunter, ein wenig bevor er in diese Richtung fließt« – sie zeigte auf die Stelle – »und dann laufe ich den ganzen Weg hinunter zur *panadería,* um zum Kaffee ein wenig gesüßtes Brot zu kaufen. Meine Mutter ißt das gern.«

»Aber ...«, sagte der Polizist.

Sie fiel ihm ins Wort. »Nun, nicht immer, wissen Sie. Nur im Sommer, wenn die Sonne spät untergeht; nur wenn es sehr hell ist. Nie in der Dunkelheit. Im Winter« – sie konnte nicht aufhören zu reden – »im Winter, auch wenn es nicht sehr kalt wird, gehe ich nicht da unten entlang. Ich bleibe oben auf der Straße. Aber das ist langweilig. Manchmal komme ich im Winter gar nicht hierher. Wenn es regnet. Oder kalt ist. Dann essen wir einfach Rosinenbrot zur *merienda*. Mit Butter. Manchmal getoastet. Wenn das Brot ganz frisch ist, essen wir es weich. Wenn es ein wenig älter ist, toasten wir es. Ich und meine Mutter.«

Sie war dreiunddreißig. Nicht mehr verheiratet. Allerdings auch nicht geschieden. Er hatte sie einfach verlassen. Er war nicht aufgestanden und hatte gesagt: »Ich geh mir ein paar Zigaretten holen«, wie es jeder normale Mann gemacht hätte. Nein. Er war eines Tages aufgestanden und hatte zu Lourdes gesagt: »Ich gehe und komme nicht wieder zurück.« Und er war in seinen Lastwagen gestiegen und war nie wieder zurückgekommen.

»Seither ist sie ein wenig übergeschnappt«, hatte sie ihre Mutter anderen zuflüstern hören. (Sie hielt ihre Mutter für übergeschnappt.)

Danach war sie etwas dicker geworden, aber das war es dann auch gewesen, wollte es ihr zumindest scheinen.

»Soll er sich doch zum Teufel scheren!« hatte sie gesagt, als ihre Tränen versiegt waren.

»Sind Sie schon einmal in Tanos *panadería* gewesen?« fragte sie den Polizisten mit den fetten Hüften, über dessen zu stramm sitzendem Pistolengürtel sich mittlerweile ein Schweißring gebildet hatte. »Dort kriegt man die besten *regalos* in der ganzen Stadt. Sie tun eine Menge Gelee in die Mitte, eine ganze Menge, und der Zucker, die Zuckerglasur obendrauf ist knackig, so richtig fest und knackig, sehr gut, *esquisitos«*, sagte sie und legte den Finger an die Lippe. »O, und Tano, er mag die Polizei. Sie können in seinen Laden gehen. Das geht in Ordnung. Die Polizisten gehen zu ihm. Sie gehen jeden Tag zu ihm. Er gibt ihnen *pan dulce* umsonst. Sie passen auf den Laden auf. So gehen Sie doch. Kostenloses Süßbrot, *fijate!*«

Ein weiterer Polizist kam den Hang hinauf auf die Straße. Er hielt eine Brieftasche, ein paar Banknoten, Kleingeld und eine Taschenuhr in seinen großen, dunklen Händen, die schweißnaß waren.

»Ihm fehlt ein Finger«, sagte er zu dem Polizisten, der mit Lourdes sprach.

Lourdes riß die Augen auf.

»Ich meine«, verbesserte er sich, wegen des Fundes nervös kichernd, »ich will sagen, ihm fehlt ein Ring, denn da ist ein weißer Streifen, wie von der Sonne, als würde ein Ring fehlen!«

»Warum hast du nicht auf die Leute von der Kripo gewartet?« fragte der andere Polizist ärgerlich.

»Weiß nicht. Weil ich sehen wollte, ob er einen Ausweis hat. Deshalb hab ich in seinen Taschen nachgesehen. Ich habe Handschuhe angezogen! Was spricht denn schon dagegen?« gab er Kontra.

»Tu alles wieder an seinen Platz. Sonst ist die Kripo mit Sicherheit sauer. Tu alles zurück«, sagte der Polizist zu dem Neuling und wandte sich wieder Lourdes zu. »Sie halten am besten den Mund, oder ich lasse Sie ins Gefängnis werfen. Für immer und ewig!«

»O nein«, sagte sie, die Augen noch immer weit aufgerissen. »Ich sage kein Wort. Ich schwöre. Kein Wort. Ich schwöre«, und fühlte, wie der Ring in ihrer Unterhose an einem Schamhaar zupfte. Sie hätte gern mit der Hand hingegriffen, um ihn zu verschieben, oder hätte gern die Beine bewegt, die Schenkel aneinandergerieben oder hineingegriffen, um ihn herauszuholen und alles zu gestehen, den

Ring in Händen, den Arm ausgestreckt, auf den Knien: »Hier ist er! *Aqui està! Tómalo!* Nehmen Sie ihn! Ich will ihn nicht. Ich habe den Mann nur gefunden, wie er da lag. Ehrlich. Hier ist der Ring. *Tómalo!* Nehmen Sie ihn! Er glänzte so hübsch von ganz, ganz weit weg, von weit dahinten, wo der Fluß die Biegung macht. Ich hab ihn nur genommen, aber ich habe ihn nicht getötet! Bitte werfen Sie mich nicht ins Gefängnis! Ich flehe Sie an. Bitte, werfen Sie mich nicht ins Gefängnis!«

Aber sie tat es nicht. Sosehr es sie auch drängte, sie legte kein Geständnis ab. Noch nie in ihrem Leben war sie die erste gewesen. Noch nie war sie nicht zu spät gekommen. Rasch langte sie in ihre Hose und stupste den Ring ein wenig tiefer, als sich die Polizisten zu den Kriminalbeamten umdrehten, die in einem großen, schwarzen Zivilwagen ankamen. Sie hatte das Ziepen nicht mehr aushalten können.

Dann packte sie doch die Unruhe. Sie dachte, ich hätte ihn nicht nehmen sollen. Dann: zu spät!

»Und wer ist das?« fragte der Kripobeamte,

der vom Wagen kletterte, als stiege er vom Pferd.

»Sie hat ihn gefunden«, sagte der Polizist.

»Haben Sie ihre Personalien aufgenommen?« fragte der Mann von der Kripo.

»Hab ich«, antwortete der Polizist.

»Dann lassen Sie sie laufen«, befahl er.

»Aber wollen Sie nicht mit ihr sprechen?« fragte der Polizist.

»Nein, lassen Sie sie laufen.«

»Sind Sie sicher?« fragte der Polizist beharrlich.

»Ich hab gesagt, laufen lassen!« schrie der Mann von der Kripo.

»Okay, junge Frau. Sie können gehen«, sagte der Polizist kopfschüttelnd zu Lourdes.

»Wirklich?« sagte sie erleichtert. Der Ring fing schon wieder an zu kneifen.

»Sie können gehen, und machen Sie da unten keine Spaziergänge mehr«, sagte er zu ihr und deutete auf den Fluß.

»Nein«, sagte sie. »Keine Angst. Ich hole das gesüßte Brot. Keine Angst.« Und sie ging die Straße entlang zur Bäckerei.

Plötzlich drehte sie sich um, ging dabei aber

rückwärts weiter, und sagte zu dem Polizisten: »Hören Sie, der eine sieht einen Stock, der andere sieht eine Schlange. Ich, ich sehe gar nichts.«

Er sah sie an und sagte mit dem typischen Akzent des dicken Weißen: »*Loca*, junge Frau. Sie sind *loca*, junge Frau«, und grinste.

Sie ging weiter die Straße hinauf und vermied es sorgfältig, mit den Händen auch nur in die Nähe ihres Schritts zu kommen, damit sie die Aufmerksamkeit nicht auf sich oder den Ring lenkte, obwohl sie nichts lieber getan hätte. Die Krampen, die den Rubin hielten, verfingen sich immer wieder in ihrem Schamhaar und zupften daran. Sie war unruhig, daß in der Bäckerei Polizisten sein könnten, die Süßbrot einkaufen wollten. Sie war richtig nervös, es war so heiß, so sehr heiß.

Die alte, kaputte Fliegentür blieb jedesmal hängen, wenn Lourdes am Griff zog. Die Tür drehte sich in der Mitte, der untere Teil bewegte sich nach vorn, und endlich gab die obere Ecke mit einem Ruck nach, bei dem Lourdes jedesmal von der Tür getroffen wurde. Sie konnte die Tür so vorsichtig öffnen, wie sie wollte, sie traf sie immer, und heute traf sie sie heftig an der Stirn.

»Oiga, Tano, cuándo va a componer la puerta?« fragte sie den alten Mann hinter dem Tresen. »Sie hat mir weh getan. Richtig weh.« Sie rieb sich die Stirn genau über dem linken Auge.

»*Ay, mira*, es tut mir leid. Ich will sie nicht reparieren. Ich bin müde. Paß halt auf, wenn du reinkommst. Deshalb habe ich die Glöckchen angebracht!« sagte er zu ihr, aufrichtig betrübt.

Der Stoß war so heftig gewesen, daß sie die Glöckchen noch nicht einmal gehört hatte.

»Was wollen Sie, *mija*?« fragte er liebevoll.

»Lo mismo de siempre«, gab sie zur Antwort.

Und dann fiel es ihr wieder ein, als sie da unten wieder ein Zupfen verspürte. Bei dem Gedanken, was sie getan hatte, wurde sie wieder unruhig.

So schlimm war es nicht, dachte sie. Er war tot. Ich war zuerst da. O mein Gott, ist das hier heiß. Und es war tatsächlich heiß. Es war noch heißer als draußen, die Öfen gaben eine solche Hitze ab.

Tano trug eine Cocacolaflaschenbrille. Ein perfekter Kreis in der Mitte einer jeden Linse, wie ein Vergrößerungsglas, ließ die Mitte seiner Augen riesig erscheinen, wie bei einer Figur aus Dick Tracy.

»Y cómo está tu mamá?«

»Muy bíen, Don Tano, *ella está muy bien!«*

Tano schob die Glastüren der Vitrine aus Holz und Glas zur Seite und zog zwei *regalos* heraus. Im Lauf der fünfzig oder mehr Jahre, die die Bäckerei existierte, war die Glasauflage der Vitrine von dem vielen Kleingeld zu einer glatten, gleichmäßigen Undurchsichtigkeit zerkratzt worden. Lourdes beugte sich ein wenig vor und sah von der anderen Seite der Vitrine beim Herausholen des süßen Brotes zu. Er ergriff die beiden ersten Stücke Brot mit einer langen, rostigen Zange und ließ sie in eine kleine Papiertüte fallen. Das Jucken in ihrer Unterhose war nun unerträglich geworden, und sie bat den alten Mann, zwei *marranitos* in eine andere Tüte zu tun. Sie hatte eine Idee. Als er sich abwandte, um noch eine Tüte zu holen, stieß sie gegen die Glastür, um den Ring an eine andere Stelle zu schieben. Sie stand da und schob ihre Hüfte an das Glas, während er umständlich versuchte, die Tüte zu öffnen. Und endlich spürte sie Erleichterung.

Die Glöckchen an der Fliegentür läuteten, und dann fiel die Tür krachend wieder zu. Es war ein Polizist, der für sein Gratisbrot gekommen war.

Lourdes wurde unruhig. Sie bezahlte ihr Brot, während Don Tano den Polizisten begrüßte, trat rasch aus der Bäckerei und machte sich auf ihren langen Heimweg.

Am nächsten Tag gegen Mittag wachte Lourdes auf, erschöpft und mit kaltem Schweiß bedeckt. Die Hitze und der Tote trieben sie in den Wahnsinn – beide gingen ihr nicht mehr aus dem Kopf. Der Wasserkühler in ihrem Fenster verschlimmerte alles nur noch, da er alles feucht machte. In der Nacht hatte sie vor lauter Nachdenken kaum eine

Stunde geschlafen. Immer wenn sie dann doch eingenickt war, hatte die Hand des Toten sie geweckt – hatte sie angestoßen und wach gemacht. Vor lauter Hitze war sie jedesmal schweißgebadet.

Todmüde griff sie unter ihre Matratze, wo sie am Abend zuvor den Ring versteckt hatte. Er war noch dort.

Sie sprang aus dem Bett, griff nach der Weihwasserflasche ihres winzigen Altars auf dem Schrank, legte den Ring in die Höhlung ihrer einen Hand, während sie ihn laut betend mit der anderen Hand mit Weihwasser begoß.

Dann hielt sie die Weihwasserflasche am Hals fest und ließ den Ring hineinfallen, schraubte den Verschluß wieder zu und versteckte die Flasche unter der Matratze. Danach ging sie ins Badezimmer und duschte mit kaltem, kaltem Wasser.

O mein Gott! *Diosito Santo!* O mein Gott! *Diosito Santo!* O mein Gott! *Diosito Santo!* dachte sie, als sie aus der Dusche trat, endgültig von Furcht überwältigt.

Das Haar noch naß vom Duschen, betrat sie

das Wohnzimmer, wo ihre Mutter in ihrem Lieblingssessel eingeschlafen war. Gerade als sie aus der Tür gehen wollte, rief ihre Mutter: »Lourdes?«

»Si, Mamá«, antwortete sie.

»A dónde vas?« fragte die Mutter.

»Ich gehe in die Stadt, Mama«, erwiderte sie und hielt ihrer Mutter eine große braune Tüte hin. »Ich will das Kleid umtauschen, das ich der kleinen Gela als Geburtstagsgeschenk gekauft habe. Ich habe Petra nach Gelas Größe gefragt, und sie hat mir gesagt, daß Gela schon Kleinkindgröße trägt und nicht mehr die von Einjährigen. Also muß ich es umtauschen. Ich bin *al ratito* zurück.«

In der Tüte war kein Kleid. Sie hatte die Flasche mit dem Weihwasser, in der noch immer der Ring war, in das Deckchen gewickelt, das ihre Mutter für ihren Altar gestrickt hatte und das sie vom Priester von St. Anne hatte segnen lassen.

»Ist es hübsch, *mija*?« fragte Lourdes' Mutter. »Zeig mal.«

»Nein, Mutter«, erwiderte sie. »Ich muß mich beeilen. Das Kleid war ein Sonderangebot, und ich will gleich zum Laden, denn sonst kauft jemand anderes die Größe, die ich brauche. Ich bin in ein paar Stunden wieder zu Hause, Mama.«

»In Ordnung, *mija*«, sagte die Mutter zu Lourdes. »*Ten cuidado.*«

Lourdes' Herz schlug heftig, als sie die Tür hinter sich schloß. Verzweifelt hielt sie die Tasche umklammert und dachte: »Was mache ich damit? Wohin damit? Was mache ich nur damit? Wohin damit? Wohin damit?«

Sie konnte nicht dorthin zurückgehen, wo sie den Toten gefunden hatte, denn sonst würden sie sie finden, die Polizisten.

Sie sagte zu sich: »*Diosito Santo!* O mein Gott!«

Unschlüssig blieb sie im Bus sitzen, bis er die Endstation erreicht hatte, den großen Platz vor Rexall Drugs. Es goß in Strömen, aus dem Nichts. Eine alte Frau schlief auf dem Sitz ihr gegenüber. Lourdes stieß sie leise an, als sie sich auf den Weg zum Ausgang machte, um ihr zu sagen, daß der Bus die Endstation erreicht hatte.

Der Fahrer drehte sich um: » Nein, wecken

Sie sie nicht. Ich lasse sie noch ein Weilchen schlafen. Sie ist müde.«

Lourdes nickte ein Danke und ging zur Tür. Sie hielt die Tüte über den Kopf, als sei sie ein Schutz vor dem Gewitter.

Sie ging um die Ecke von Iturbide und Convent Street und lief unter dem Vordach des Rialto Theaters entlang, um vor dem Regen geschützt zu sein. Überall wimmelte es von Polizisten. Nachrichtenkameras. Bewaffnete Nationalgarden. Und Menschen, überall Menschen. Dann überfiel sie die Angst. Weil sie so ein schlechtes Gewissen hatte, dachte sie einen Augenblick lang, die Polizisten seien auf der Jagd nach ihr – und dem Ring. Aber dann hörte sie zwei alte Frauen, die sich in der Nähe der Theaterkasse unterhielten. »Nein, Maria, eine neue Revolution ist das nicht, keine Angst. Der Fluß hat sich rot verfärbt.« Maria holte vor Schreck tief Luft. »Man weiß nicht warum, aber er ist rot, so rot wie *agua de sandía. Fíjate!* Geh da nicht hin, Maria. Da sind zu viele Leute. Ich kann auch nicht mehr laufen. Wenn man älter wird, lassen die Knie nach. Bei mir waren die Knie das erste, was kaputtging...«, fuhr sie fort.

Lourdes setzte sich in Richtung Brücke in Bewegung; nun war es ihr egal, ob sie naß wurde.

»Der Fluß ist rot. Der Fluß ist rot«, sagte sie immer wieder zu sich. »Das ist das Blut des Toten und sein Ring. Rot. Rot wie der Rubin. Ja, das Blut des Toten und sein Rubin, den ich genommen habe, haben den Fluß rot gefärbt. O mein Gott! *Diosito Santo!*«

Sie drängelte sich zum Drehkreuz und durch das Gewühl am Brückengeländer.

O mein Gott! Man wird mich sehen. Wie mache ich das nur? fragte sie sich und preßte die braune Tüte an die Brust.

Lourdes wurde von der Menschenmenge ganz am Anfang der Brücke gegen das Geländer geschoben. Noch nie in ihrem Leben war sie irgendwo gewesen, wo es so voll war. Sie konnte nicht atmen. Sie hätte sich am liebsten durch das Gewühl gekämpft und wäre nach Hause gelaufen. Sie konnte es einfach nicht glauben, als sie den Rio Grande rot wie Blut, rubinrot vor sich sah.

Sie schob die Papiertüte nach unten, wo sie sicher war, daß niemand sie sehen konnte, und griff hinein, um die Flasche mit dem Weihwasser, die den Rubinring enthielt, zu greifen. Sie war sicher, daß alle Augen auf ihr ruhten, aber in Wirklichkeit kümmerte sich niemand um sie. Alle sahen nur den Fluß. Sie zog die Plastikflasche aus der Tüte, ließ sie auf den Gehsteig zu ihren Füßen fallen und kickte sie unter dem Geländer hindurch ins Wasser.

Ohne nachzusehen, ob die Flasche auch tatsächlich in den Fluß gefallen war, drehte sie sich um, drängelte sich durch die Menschen und lief zurück zur amerikanischen Seite. Vor JC Penney auf der Convent Street stieg sie in den Bus und machte sich auf den Weg nach Hause. Die Weihwasserflasche mit dem Rubin trieb den roten, roten Rio Grande hinunter und schaukelte auf dem Wasser wie ein Angelköder. Niemand sah sie.

8

Pura

An der Stelle, wo die Kordel scheuerte, die die Schachtel zusammenhielt, waren ihre Finger geschwollen. Landarbeiter protestierten auf dem Platz vor dem Präsidentenpalais, von wo sie die U-Bahn nahm. Sie hatte keinen Schmuck angelegt, weil sie an eine Geschichte hatte denken müssen, die sie am Abend zuvor in der Zeitung gelesen hatte. Einer alten Frau wie ihr hatte man wegen eines schlichten Goldreifs den Finger abgehackt.

Hundert Leute, so schien es ihr, schoben sie in die Bahn, bis sie mit der Wange an die gegenüberliegende Tür gepreßt wurde. Sie hörte den Summer des Schaffners, der das Schließen der Türen ankündigte, und sie erschauderte bei dem Gedanken an die alte Dame und ihren Finger.

Der Zug setzte sich in Bewegung. Da hörte sie die liebliche Musik einer Bambusflöte und einer Blechtrommel vom anderen Zugende. Dann hörte sie eine Kinderstimme singen, auf nahuatl – so kam es ihr zumindest vor. Im Zug eingekeilt, kaum in der Lage zu atmen, hatte sie das Gefühl, einer Ohnmacht nahe zu sein. Mit dem Auge, das gegen das Fenster gepreßt war, sah sie einen leuchtend grünen Zug vorbeirasen. Dann, schneller, einen blauen Zug. Dann einen roten Zug. Schneller und schneller, bis sie das Gefühl hatte, von der Musik vorwärtsgetragen durch den Tunnel zu fliegen.

Nach einer Zeit, die ihr sehr lang vorkam, hielt der Zug plötzlich an und mit ihm die Musik. Fünf Stockwerke unter dem Bahnhof von Chapultepec-Park waren ihre Wangen tränennaß, ihre Arme eingeschlafen, eine Hand auf dem Griff über ihr festgeklebt, die andere von der Kordel so betäubt, daß sie noch nicht einmal mehr Schmerz verspürte.

Sie mußte dringend aussteigen, ihre Finger bluteten nun von der rauhen Kordel. Sie drängelte sich durch die Tür und blieb plötzlich stehen; sie konnte nichts mehr sehen, weil ihr die Tränen aus den Augen stürzten. An der Tür stieß sie versehentlich mit dem Fuß gegen etwas. Auf dem Zementboden vor ihr schob sich ein Mann vorwärts, zog sich auf den Zug, ohne Beine, aber mit großen, unförmigen, muskelbepackten Armen. Sie war sich nicht länger sicher, ob sie wachte oder träumte, aber sie tat, was sie konnte, ihm Platz zu machen, wie eine Schlafwandlerin.

Wie betäubt lief sie geradeaus und stürzte vor einer riesigen Treppenflucht zu Boden. Die Schachtel fiel hin; Glas zerbrach; Honig floß in alle Richtungen und mischte sich mit dem Blut ihrer Finger. Sie fand die Kraft, sich hochzuziehen, indem sie mit der unverletzten Hand den unteren Teil des Handlaufs packte, und blickte die Treppe hinauf, als stehe sie zu Füßen einer Riesenpyramide. Sie betete, wie sie noch nie in ihrem Leben gebetet hatte, zur

Jungfrau von Guadelupe, zu Quetzalcoatl, zu Jesus – zu allen, die willens waren, sie zu erhören – um ein Holzbrett mit Rädern.

Sie wußte, daß sie sterben würde. Sie wußte nicht wie und wo, aber sie wußte es. Ihr war im Augenblick ihrer Ankunft klar geworden, warum sie nach Mexico City gekommen war. Sie war auf der Suche nach Erinnerungen. Sie wollte La Montaña Rusa in Chapultepec-Park sehen. Sie wollte zu dem winzigen Garnladen in der Insurgentes gehen und eine der riesigen Knäuel Seidengarn kaufen, um ihr Leichentuch zu stricken. Die Achterbahn und das riesige Garnknäuel wollten ihr einfach nicht mehr aus dem Sinn.

Und hier saß sie in Mexico City in einer Honigpfütze und fühlte sich einer Ohnmacht nahe. Beim Gedanken an ihre Lage und wie dumm sie sich vorkam, weil sie gestürzt war, fing sie an zu lachen. Als sie sich die Tränen abwischte, verschmierte sie ihr ganzes Gesicht mit Honig; die Süße gelangte mit den salzigen Tränen auf ihre Lippen, in ihren Mund, und der Geschmack erheiterte sie noch mehr. Sie bemühte sich, wieder auf die

Füße zu kommen. Es dauerte eine ganze Weile. Und als sei sie auf einer Pilgerfahrt, begann sie die Stufen zu erklimmen, eine nach der anderen, und bei jeder Stufe sagte sie den Namen eines anderen Heiligen auf. Sie brauchte fast eine Stunde bis oben; einige Kinder halfen ihr eine Weile. Sie redete mit ihnen und brachte sie zum Lachen.

»Das kommt davon, daß ich so dick bin«, sagte sie alle drei bis vier Stufen auf spanisch zu ihnen, und sie kicherten.

»Ich weiß nicht, was eine alte dicke Frau wie ich in Mexico City macht und wieso sie ganz allein diese dämliche schwere Schachtel mit Honiggläsern herumschleppt. Doch nein! Kaum hatte die Frau mir etwas Honig auf einer Scheibe Brot gegeben, da war ich im siebten Himmel! Deshalb habe ich ihn gekauft. Was bin ich für ein Schwachkopf!« sagte sie zu den Kindern, aber diesmal auf englisch, und wieder lachten sie, obwohl sie sie nicht verstanden.

»Wo hatte ich nur meine Gedanken?« fragte sie sich, als sie oben ankam, und dann gab sie sich sachlich zur Antwort: »Beim Tod.«

Eines Morgens war sie aufgewacht, bei sich daheim, und war ohne ersichtlichen Grund über die Plaza Martin in das Reisebüro am Washington Hotel gegangen und hatte zu der jungen Frau hinter dem Tresen gesagt, sie brauche ein Flugticket nach Mexico City. Und so hatte sie am folgenden Morgen in der Frühe ihr Ticket bekommen und ein Taxi angerufen, das sie im »Seniorenheim« abholen sollte. Sie hatte ein paar Kleider, ein wenig Unterwäsche, ihre Zahnbürste und ihr Florida-Wasser in eine Lederimitattasche gepackt, die sie kurz zuvor beim Fernsehshop bestellt hatte.

Am folgenden Morgen war sie von den Trompeten der Soldaten aufgewacht, die die Fahne vor dem Präsidentenpalais hißten, und war zur U-Bahnstation an der Ostseite vom Zócalo gelaufen, um zum Chapultepec-Park zu fahren, wo sie sich die »größte Achterbahn der Welt« ansehen und ihr Garnknäuel kaufen wollte.

Zufrieden, das Garnknäuel in ihrer Einkaufstasche, den Honig, der das Unglück überstanden hatte, in ihrer Handtasche, und

»die größte Achterbahn der Welt« in ihrem Kopf, war sie bereit, zu ihrer kleinen Stadt am Fluß zurückzukehren.

Sie stieg in das Flugzeug zur Grenze. Sobald die Stewardeß ihr beim Anschnallen geholfen hatte, fiel sie in Schlaf. Sie hatte kleine Zauberpillen, die der Doktor ihr verschrieben hatte, so daß sie nachts schlafen konnte. Da sie wußte, daß der Flug sie nervös machen würde, hatte sie eine Pille unter die Zunge gelegt und lächelte die Stewardeß dankbar an, als diese ihr ein Kissen reichte.

Der Flug war ereignislos. Sie erwachte, als die Stewardeß sie leicht an der Schulter berührte und ihr einen kleinen Plastikteller mit einem halben Käsesandwich, einem halben Schinkensandwich und zwei oder drei marinierten Gemüsestückchen reichte.

»O, danke schön«, sagte sie, und klappte das Tischchen im Vordersitz herunter.

Kaum hatte die Stewardeß ihr Coca-Cola serviert, schrie Pura laut auf, denn das Flugzeug war in ein Luftloch geflogen. Als ihr Sandwich in die Luft flog, lachte Pura. Sie hatte ein so schönes Lachen, daß die Stewardeß mitlachte, und es dauerte nicht lange, da lachten alle. Die Stewardeß griff das Käsesandwich, das in den Gang gefallen war, und räumte Puras Teller weg. Dann zog sie einen anderen aus dem Wagen und reichte ihn Pura. Dabei bemerkte sie das Wasser, das unter den Gepäckfächern aus der Decke tropfte.

Ein paar Minuten später war die Stimme des Piloten über Lautsprecher zu hören, alle möchten sich anschnallen. Er sagte, das Wasser sei die Folge eines kleinen Problems mit dem Kabinendruck, es bestehe aber kein Anlaß zur Sorge. Dann forderte er das Flugpersonal auf, sich zu den kleinen Sitzen zu begeben, die vorn und hinten im Flugzeug aus der Wand ragten, und sich anzuschnallen. Er informierte die Passagiere, daß noch Turbulenzen zu erwarten seien. Pura wurde langsam unruhig. Sie merkte, wie ihr Herz schneller schlug, als das Wasser weiterhin von der Decke tropfte.

Pura war nicht die einzige an Bord, die über

das Wasser beunruhigt war. Im ganzen Flugzeug blinkten die Alarmknöpfe. Plötzlich tauchte die Maschine erneut in die Tiefe, und alles schrie auf.

Wieder war die Stimme des Kapitäns zu hören. Er erinnerte daran, daß alles in Ordnung sei, daß die Erschütterung nur die Folge eines Luftlochs gewesen sei und daß sie nur noch fünfundvierzig Minuten von der Grenze entfernt seien.

Puras Herz begann wieder zu rasen, und es schlug sogar noch schneller, als sie den Piloten aus dem Cockpit kommen sah, um die Situation in Augenschein zu nehmen. Inzwischen waren fast alle Passagiere beunruhigt, aber der Pilot versicherte ihnen, indem er Reihe um Reihe abschritt, daß alles in Ordnung sei. Das brachte Pura auf den Gedanken, daß etwas nicht in Ordnung sein könnte. Sie wurde langsam sehr naß, wie alle anderen an Bord. Ein Nieselregen schien im Flugzeug niederzugehen. Sie fühlte sich einer Ohnmacht nahe.

Der Pilot kehrte ins Cockpit zurück, und kaum hatte er die Tür hinter sich geschlossen, tat das Flugzeug einen weiteren Sturz in die

Tiefe. Diesmal war er so heftig, daß sich einige der Fächer öffneten und das Handgepäck in den Gang fiel. Glücklicherweise wurde niemand getroffen.

Die Sauerstoffmasken fielen aus ihren Nischen zu Köpfen der Passagiere, und der Pilot meldete sich erneut zu Wort. Er forderte die Passagiere auf, den Sauerstoff zu benutzen, wenn sie das Gefühl hätten, ihn zu brauchen. Pura fühlte plötzlich einen scharfen Schmerz in der Brust.

Sie dachte, das war's. Ich werde sterben, und ihr Kopf fiel sanft zur Seite, als sei sie eingeschlafen.

Die Stewardeß, die Pura im Auge behalten hatte, weil sie sie an ihre eigene Großmutter erinnerte, bemerkte, wie Puras Kopf zur Seite fiel. Sie schnallte sich ab und eilte zu ihr. Sie schüttelte sie sanft, wie sie es bereits getan hatte, als sie ihr das Essen angeboten hatte, aber Pura reagierte nicht. Die Stewardeß wußte, daß etwas nicht stimmte. Rasch schritt sie nach vorn zum Cockpit.

Bevor sie wieder herauskam, fragte der Kapitän über Lautsprecher: »Ist ein Arzt an

Bord? Wenn ein Arzt an Bord ist, bitte nach vorn kommen.«

Zwei Männer standen auf. Sie musterten sich fragend, ob sie beide gehen sollten. Nach einem beiderseitigen Nicken gingen sie in Richtung Cockpit. Aber bevor sie es erreichten, trat die Stewardeß heraus und flüsterte ihnen auf spanisch zu: »Ich habe da eine alte Dame in Reihe achtundzwanzig, die in Ohnmacht gefallen zu sein scheint. Ich mache mir Sorgen, denn sie hat nicht reagiert, als ich zu ihr bin, um nach dem Rechten zu sehen. Würde bitte einer von Ihnen nachsehen? Sie ist sehr nett, und ich mache mir wirklich Sorgen.«

»Aber gern«, sagten beide und folgten der Stewardeß den Gang hinunter.

Einer der Ärzte ging zu seinem Platz, um seine Tasche zu holen. Der andere griff in die Tasche und holte eine sehr kleine Taschenlampe hervor. Er untersuchte Puras Augen. Als der andere wiederkam, sagte der Arzt, der sich um Pura kümmerte, daß sie in Ohnmacht gefallen sei. Nachdem er ihren Puls gefühlt hatte, äußerte er die Befürchtung, sie könne Herzprobleme habe. Die Stewardeß bemühte sich, ihre Tränen zurückzuhalten, doch eine entwischte ihr. Sie wußte, daß sie keine Gefühle zeigen durfte, um die anderen Passagiere nicht aufzuregen. Einer der Ärzte zog ein Glasröhrchen aus seiner Tasche, wikkelte es in Gaze, brach es durch und hielt es Pura unter die Nase. Pura reagierte sofort, warf den Kopf herum und kam zu sich. Die Stewardeß bedachte sie mit einem breiten Lächeln.

Nach einer Weile sagte Pura, die sowohl vom Tropfwasser als auch von ihrem eigenen Schweiß durchnäßt war, daß sie einen scharfen Schmerz in der Brust verspürt habe, und das sei das letzte, woran sie sich erinnern könne. Einer der Ärzte fragte sie, ob sie Medikamente nehme. Sie sagte, sie nehme ein paar »kleine weiße Pillen« für das Herz, sie habe sie in ihrer Handtasche. Die Stewardeß zog die Handtasche unter dem Sitz hervor und reichte sie Pura. Als sie den Ärzten die Flasche zeigte, waren sie sich darüber einig, daß sie wahrscheinlich einen leichten Herzinfarkt gehabt habe. Der Arzt wies sie an, eine ihrer Pillen zu nehmen. Während er mit ihr sprach, ertönte die Stimme des Piloten über den Lautsprecher und forderte alle Passagiere auf, sich hinzusetzen und anzuschnallen, weil die Maschine zum Landeanflug auf die Stadt ansetze.

Inzwischen hatte der Regen in dem Flugzeug ohne Grund nachgelassen. Ein paar Tropfen kullerten noch an den Fenstern auf der linken Seite hinunter. Einer der Ärzte machte der Stewardeß den Vorschlag, einen Krankenwagen zu rufen. Sie erwiderte, sie würde es sofort veranlassen. Zu Pura sagte sie, daß bei ihrer Ankunft ein Krankenwagen auf sie warten würde.

Pura erwiderte: »*Claro que no!*«

Pura sagte, sie fühle sich ein ganzes Stück besser, und selbst wenn die Stewardeß einen Krankenwagen riefe, würde sie sich weigern, einzusteigen. Und um zu beweisen, daß es ihr gut ging, schnallte Pura sich ab und begann aufzustehen. Die Stewardeß bat sie, sich doch bitte zu setzen, und versicherte ihr, daß sie keinen Krankenwagen rufen würde.

»Wenn Sie auch nur die geringste Ähnlichkeit mit meiner Großmutter haben, werden Sie sich weigern, in den Krankenwagen einzusteigen«, sagte die Stewardeß lächelnd zu Pura.

Pura erwiderte ihr Lächeln.

»Bitte danken Sie den beiden gutaussehenden jungen Ärzten in meinem Namen«, sagte sie zur Stewardeß und fuhr fort: »Sind Sie verheiratet?«

Die Flugbegleiterin antwortete: »Nein.«

Pura fuhr fort: »Mein Kind, Sie sollten mit dem jungen Arzt reden, mit dem, der den Mustache trägt. Er sieht sehr gut aus und ist nicht verheiratet. Ich habe auf seine Hand geachtet, er trägt keinen Ring!«

Die Stewardeß errötete leicht und berührte sanft Puras Wange.

»Ich hoffe, es geht Ihnen besser«, sagte sie zu Pura. »Ich werde Sie persönlich in die Ankunftshalle bringen, aber Sie müssen mir versprechen, daß ich Sie in einem Rollstuhl fahren darf.«

»Auf gar keinen Fall«, erwiderte Pura. »Ich bin in diesen fliegenden Regenguß hineingelaufen, und ich werde auch wieder hinauslaufen.«

Die Flugbegleiterin verstand, mit wem sie es zu tun hatte, und daß diese schöne alte Dame unter keinen Umständen erlauben würde, in die Ankunftshalle gerollt zu werden. Sie sagte zu Pura, sie solle sie rufen, falls sie irgend etwas benötige, und ging wieder zu ihrem Sitz, um sich für die Landung anzuschnallen.

Im Terminal fragte die Stewardeß, ob Pura abgeholt würde. Pura antwortete: »Nein, *hija*, ich bin ganz allein. Niemand mehr übrig. Würden Sie mir bitte helfen, ein Taxi zu finden?«

Die Stewardeß erwiderte: »Natürlich.«

Als sie im Begriff war, ins Taxi zu steigen, griff Pura in ihre Tasche und reichte der Stewardeß das einzige Glas Honig, das ihr geblieben war.

Sie sagte: »Nehmen Sie dies. Ich bin dick genug. Passen Sie auf bei diesen verrückten

Flugzeugen. Und essen Sie immer einen kleinen Löffel voll, wenn sie Ihr Leben ein wenig versüßen wollen. Aber nicht zuviel, oder Sie werden dick und rund wie ich.«

Sie lachte ihr schönes Lachen.

Lächelnd dankte die Stewardeß ihr, schloß den Wagenschlag und winkte, als das Taxi zum Highway fuhr.

»Wie ist der Verkehr auf der Brücke?« fragte Pura den Fahrer.

»O, er ist schrecklich, bei all dem, was da vorgeht«, sagte der Fahrer.

»Was geht denn da vor?« fragte sie.

»Haben Sie denn nichts davon gehört?« fragte der Fahrer. »Der Fluß ist rot. Niemand weiß, was los ist. Man glaubt, es ist eine Chemikalie oder so etwas. Ich halte es für ein Wunder.«

»O mein Gott«, sagte Pura leise zu sich. »Geht die Welt unter?«

»Ich kann Sie noch nicht einmal ganz hinfahren, sondern nur in die Nähe bis auf zwei oder drei Straßenzüge. Sie trauen Ihren Augen nicht, wenn Sie die ganzen Leute, Fernsehkameras, Reporter und Hubschrauber sehen. Ich hab heute sogar einen Blimp über der Brücke fliegen gesehen, den von den Fußballspielen. Es tut mir sehr leid, *señora*«, sagte der Fahrer.

»O machen Sie sich darüber keine Gedanken, mein Sohn«, sagte Pura auf spanisch. »Bringen Sie mich so dicht heran, wie's geht. Den Rest des Weges gehe ich zu Fuß. Normalerweise wäre es mir ganz egal. Es ist nur, daß ich so dick bin, und im Flugzeug habe ich mich nicht ganz wohl gefühlt. Aber es macht nichts, bringen Sie mich einfach so nahe an die Brücke, wie es geht.«

»Si señora«, sagte der Taxifahrer und fuhr fort: »Ich stelle das Radio für Sie an, so daß Sie hören können, was sich da unten abspielt.«

»*Gracias, hijo*«, erwiderte Pura und schenkte ihm ihr liebenswürdiges Lächeln.

Der Taxifahrer konnte sich der Brücke nur bis auf vier Straßenzüge nähern. Er erklärte Pura, wenn er noch dichter heranfahren würde, würde er den ganzen Tag in dem Gewühl stecken, und er müsse einfach arbeiten. Er brauche das Geld zum Überleben.

»Sonst hätte ich Sie den ganzen Weg auf die

andere Seite gebracht und Sie genau vor der Haustür abgesetzt.«

»O, machen Sie sich keine Gedanken, *hijo*«, sagte sie. »Das ist weit genug. Den Rest gehe ich zu Fuß«, und sie gab ihm fünf Dollar zusätzlich.

Er wollte das Geld nicht annehmen, aber sie bestand darauf, und nachdem sie ihre Handtasche und ihre Einkaufstasche hatte, schloß sie die Wagentür und winkte.

Es war so heiß, so heiß. Kaum war sie aus dem klimatisierten Taxi gestiegen, brach ihr der Schweiß aus, kalter, kalter Schweiß. Mit jedem Schritt, den sie machte, fühlte sie sich schwächer, und als sie endlich die Brücke sehen konnte, hatte sie das Gefühl, kurz vor einer Ohnmacht zu sein. Bei einem Obststand legte sie eine Pause ein und aß zur Erfrischung ein Stück Wassermelone. Danach fühlte sie sich besser und beschloß, es mit der Menschenmenge aufzunehmen. Als sie schließlich dabei war, sich den Weg zum Kassenhäuschen zu bahnen, wußte sie, daß sie ernsthaft krank war. Sie spürte wieder den Schmerz in der Brust. Beim Betreten der

Brücke nahm sie die Plastikflasche aus ihrer Handtasche und legte sich eine der weißen kleinen Pillen unter die Zunge. Sie drängelte sich zum Geländer, um sich aufrecht zu halten. Das rote Wasser verschlug ihr die Sprache.

Kurzatmig begann Pura zu keuchen, aber sie bemerkte noch den seltsamen Duft von Maulbeeren in der Luft. Der Duft war so vertraut! Als Kind hatte sie in einem kleinen Haus am Fluß gelebt, und sie und ihre Schwester hatten immer Sandkuchen aus Maulbeeren geformt und sie in dem kleinen Sandsteinofen gebacken, den ihr Vater für sie gebaut hatte. Ein Sattelschlepper hupte, und vor Schreck schlug ihr Herz noch schneller, was den Schmerz verstärkte. Sie hielt sich krampfhaft am Geländer fest; es fühlte sich an, als würde ihr Herz zerspringen.

Plötzlich ließ der Schmerz nach, ihre Beine wurden schwach, sie glitt langsam zu Boden, beinahe sanft am Geländer entlang, hinunter auf den betonierten Gehsteig. Sie schloß die Augen, nahm noch einen letzten Atemzug der maulbeergetränkten Luft und starb. Das große weiße Garnknäuel rollte aus ihrer Einkaufstasche und fiel in den roten, roten Rio Grande.

9

Cristina

»Man muß wissen, wie man ein Tortillastück ißt, sonst verletzt man sich den Mund«, sagte Cristina zu der Touristengruppe, die sie durch das ehemalige Kapitol der Republik Rio Grande führte. Im letzten Jahr ihres Kriminalistikstudiums arbeitete sie dort halbtags. Sie hatte gerade auf den alten *metate*-Stein in einer Ecke der 150 Jahre alten Küche hingewiesen.

»Damals«, sie begann jeden Satz ihrer stündlichen Führungen mit ›damals‹, »pflegten die Frauen den Mais am Vortag zu kaufen und ihn über Nacht mit Leim anzusetzen, damit sie, bevor die Männer aufwachten, die eingeweichten Körner auf das Ding da legen konnten«, sie deutete auf den alten *metate,* »und mahlten ihn, bis sie daraus den *masa,* den Teig für die Maistortillas, machen konnten.

Nun fragen Sie mich vielleicht: ›Was hat das Essen von einem Stück Maistortilla damit zu tun, daß man sich den Mund verletzen kann?‹« Sie sah die Gruppe erwartungsvoll an. »Aber es war tatsächlich so. Hätten Sie in die Tortilla, die Ihre Frau Ihnen gerade schön fest und knusprighart gebacken hatte, so hineingebissen« – sie hielt die Finger vor den Mund, als hielte sie das Stück senkrecht – »statt so« – sie hielt die Finger an den Mund, als hielte sie die Tortilla waagrecht –, »dann hätten Sie sich die Spitze des Tortillastücks, Sie wissen schon, das Dreieck, die Spitze des Dreiecks, in den Gaumen gebohrt, und Sie hätten sich eine Infektion holen können. Und der nächste Arzt wohnte in Monterrey oder San Antonio, an die zweihundert Kilometer weit entfernt, so daß Sie gestorben wären.«

»Deshalb passen Sie auf«, fuhr sie fort, »wenn Sie auf die andere Seite des Flusses nach Mexiko fahren. Denken Sie daran, Ihr Tortillastück so zu halten und nicht so, wenn Sie hineinbeißen«, sagte sie, vor Lachen prustend.

Die Touristen standen in dem kalten Steinbau, schwitzten und starrten Cristina an. Sie hatten nicht die leiseste Ahnung, wovon sie eigentlich redete – außer, daß man in Mexiko sterben könne.

Cristina stand vor dem blinden Spiegel im Badezimmer, wo die Leute, die hier einst wohnten, sich zu waschen pflegten. Der Spiegel hing an einem handgeschmiedeten Nagel. Als Cristina genau hinsah, bemerkte sie die winzigen Fältchen, die sich in ihren Augenwinkeln zu bilden begannen.

Sie sagte zu sich: »Ich brauche Retin A!«

Sie machte drei Schritt zurück, hob ihre Bluse an, kniff in gut acht Zentimeter Bauchspeck und dachte, ich brauche Abmagerungspillen.

Cristina steckte ihre Bluse wieder in den engsitzenden Rock, zog ihn über ihren Rettungsringen stramm und dachte, ich habe richtig Hunger. Ich gehe über den Fluß und hole mir einen Maiskolben. Mais macht nicht dick. Ich esse ihn ohne alles, nur mit Salz. Minina hat mir gesagt, ich soll viel Gemüse essen. Mais ist Gemüse, nicht wahr? Nein ... Doch ... Nein, aus Mais werden ja Cornflakes gemacht; Mais kann kein Gemüse sein. Nein, ja, doch. *Ay Dios*, ich fange morgen mit meiner Diät an.

Sie verließ das Badezimmer und ging hinüber zum Eingangstresen, um ihre Handtasche zu holen. Zu dem alten Mann, der ihr half, sagte sie: »Paulino, mach jetzt Mittag. Der Regen hat vor einer Stunde aufgehört. Ich geh jetzt eine Weile weg. Nun komm schon, Paulino, ich muß doch die Tür abschließen«, und sie schob ihn ins Freie, verschloß die schweren Holztüren des alten Kapitols der Republik Rio Grande mit einem riesigen Eisenschlüssel und steckte ihn dann in ihre Handtasche.

Sie starb fast vor Ungeduld, den Fluß zu sehen. Ihre Freunde, die in den Geschäften in der Innenstadt arbeiteten, waren den ganzen Tag vorbeigekommen und hatten ihr von seiner Farbe und dem Menschenauflauf, nur wenige Straßenzüge von ihrer Arbeitsstelle entfernt, erzählt. Sie war jedoch zu beschäftigt gewesen, hatte eine Führung nach der anderen machen müssen – besonders nach dem Platzregen. Die weißen Touristen schienen nur deshalb von der Straße hereinzukommen, um dem Regen auszuweichen.

Ich bin es so leid, immer wieder dasselbe sagen zu müssen. Ich bin es so leid, heute abend für die verdammte Politikprüfung büffeln zu müssen. Ich bin total gestreßt, dachte sie, als sie das winzige Museum verließ.

Angeregt durch eine Fernsehsendung über die Kripo der Polizei von Dallas, die mit der Untersuchung des Kennedymordes betraut gewesen war, hatte sie vor drei Jahren beschlossen, Polizistin oder lieber noch Kriminalbeamtin zu werden. Nun war sie bereits in ihrem dritten Studienjahr, Hauptfach Kriminalistik. Dabei war sie überall nur so eben durchgerutscht. Sie hatte nur noch ein Jahr bis zum Examen. Dann würde die Polizeiakademie folgen. Seit jener Fernsehsendung war sie besessen von Verschwörungen, und sie hatte alle Bücher, die sie kriegen konnte, über die Verschwörungstheorien zum Kennedymord gelesen. Und sie hatte auch im Internet jede Menge Informationen und Fehlinformationen gefunden.

Ein Blick auf die Convent Street genügte ihr, um zu wissen, daß etwas nicht stimmte.

Sie sah eine Einheit der Nationalgarde, überall Polizei, selbst Angehörige der Armee, und dann, als sie um die Ecke kam, sah sie schon von weitem die mexikanische Spezialeinheit, die *Federales*, in ihrer schwarzen Kleidung, auf der mexikanischen Seite der Brükke. »Ich muß rauskriegen, was da los ist«, sagte sie zu sich. »Irgendwas ist faul im Staate Texas«, zitierte sie Shakespeare falsch, in Erinnerung an den Literaturunterricht des letzten Semesters, als der Duft der Maulbeeren sie traf. Sie schnupperte, die Nase in der Luft wie ein Jagdhund.

Cristina drängelte sich durch die Menschenmenge zur Brückenmitte. Dort blieb sie stehen, genau in der Mitte, klopfte mit den Fingern aufs Geländer und versuchte »den Fall zu lösen«.

Sie kam fast um vor Hunger, hatte aber den

Maiskolben, den sie essen wollte, völlig vergessen. Sie ging auch nicht hinüber auf die mexikanische Seite, um ihn zu holen. Ihre Aufgabe machte es erforderlich, daß sie zurückkehrte, zur amerikanischen Seite. Als sie einen Sattelschlepper mit kreischenden Bremsen anhalten hörte, drehte sie sich jäh um. Ein paar Leute schrien auf. Ihr Adrenalin auf Hochtouren, schritt sie weiterhin rasch aus und stellte sich vor, daß die *Federales* eine Runde Kugeln aus ihren Maschinengewehren ballern würden. Sie beschleunigte den Schritt, ging geradewegs an einer Frau vorbei, die ein Kind zur Welt brachte, ohne überhaupt etwas davon wahrzunehmen. Sie war so sehr mit der Farbe des Flusses beschäftigt und wer oder was dahinterstecken könnte, daß sie – wahrscheinlich zum Teil auch aus Angst – doppelt so schnell wie sonst zur amerikanischen Seite lief. Sie sah nur Soldaten, Polizisten und Spezialagenten. Sie verstand den Maulbeergeruch nicht, und alles, was sie nicht verstand, wurde Teil der »Verschwörung«.

Cristina zog die Stirn in Falten.

Zu ihrer Arbeit kehrte sie an diesem Tag

nicht wieder zurück. Sie ging geradewegs nach Hause und rief gleich ihren Cousin Ernie an, der auf der Shelley Air Force Base als Luftaufklärungsexperte arbeitete und außerdem Computerspezialist und militanter Chicano war. Er erzählte ihr, daß er über die Vorgänge an der Grenze Bescheid wußte. Er erzählte ihr sogar, daß er gerade die ersten Luftaufnahmen des Flusses gesehen hatte. »Er ist leuchtend rot, vom Westen der Stadt bis fast die ganze Strecke zum Golf von Mexiko hinunter«, sagte er am Telefon zu ihr.

Sie überredete ihn, das Foto an die Zeitungen zu schicken, »damit jeder, auch der Rest der Welt, weiß, was die Regierung mit unseren Leuten macht. Viva La Raza!«

Innerhalb von Minuten schickte er eine E-mail des Fotos an die San Antonio Express News, wobei er alle Übertragungsspuren löschte. Am nächsten Morgen war das Foto auf der Titelseite jeder Zeitung der Welt. Am Abend stahl sich Cristina, ganz in Schwarz gekleidet, an das Ufer des Rio Grande und füllte ein Mayonnaiseglas mit rotem Wasser, packte es in eine Schachtel und schickte es unter falschem Namen per Greyhound-Bus an ihren Cousin in San Antonio. Er hatte Freunde in den Laboratorien für bakteriologische Kriegsführung auf einem der anderen Stützpunkte. Sie versprachen ihm, das Wasser zu analysieren. »Die Ergebnisse schicke ich an jede verdammte Zeitung im Land«, sagte er zu Cristina. »Viva La Raza!«

Doch beim ersten Schlagloch, in das der Bus fuhr, zerbrach das Glas.

»Am Kontrollpunkt haben sie den Bus länger als zwei Stunden aufgehalten. Die deutschen Schäferhunde waren von dem Geruch wie wahnsinnig. Was ist denn da drin, Sohn? Hat deine Mama dir Marmelade geschickt?« fragte ihn der alte farbige Gepäckträger am Greyhound-Busbahnhof, als er ihm einen durchgeweichten, dunkelroten Karton überreichte, den man aufgerissen, untersucht und in eine Plastiktüte gesteckt hatte.

Cristina saß an diesem Abend auf ihrer alten, mit grünem Plastik bezogenen Couch, nachdem sie vom Bahnhof zurückgekommen war, und sah sich David Letterman im Fernsehen an.

Zu Beginn seines Monologes sagte Letterman: »Wir haben alle von dem Durcheinander da unten am Rio Grande gehört. Sie wissen, daß sich der Fluß rot gefärbt hat, und all die Regierungsbeamten da unten können uns noch immer nicht sagen, was eigentlich los ist. Eine Frau weiß allerdings, was los ist. Sie behauptet, die Verfärbung des Wassers sei eine Handlung Gottes. Ganz genau. Das ist ein Wunder. Nun, auch ich halte das für ein Wunder!«

Das Publikum lachte und johlte.

Er fuhr fort: »Diese Frau in Südtexas, ich glaube, sie heißt Cindy – stimmt das, Biff?« fragte er jemanden von der Aufnahme.

»Ja, Cindy«, bestätigte der Mann.

»Nun, diese Frau Cindy behauptet, daß ihr Schneidezahn, der ausgefallen war, wunderbarerweise direkt auf der Brücke nachgewachsen sei, nachdem sie etwas von dem roten Flußwasser getrunken hatte«, fuhr Letterman fort.

Das Publikum lachte kreischend.

»Wir haben heute abend einen besonderen Leckerbissen für Sie, dank unserer CBS-

Tochter an der Grenze. Schauen Sie sich die Monitore an«, sagte er und wies auf eine Nahaufnahme von Cindy, die auf der Brücke kniete und auf ihren Mund deutete. Der neue Schneidezahn in ihrem Mund war geschwärzt.

»Vorher...«, sagte Letterman und zeigte wieder auf dieselbe Aufnahme von Cindy auf dem Bildschirm, diesmal leuchtete jedoch ihr funkelnagelneuer glänzend weißer Zahn auf, »... und nachher.«

Das Publikum kreischte hysterisch.

»Vorher ... nachher«, wiederholte er immer wieder, wechselte die Bilder so lange ab, bis das Publikum wieder lachte und klatschte. »Vorher ... und nachher. Vorher ... und nachher.«

Cristina dachte, das ist eine ganz große Sache, das ist eine ganz große Verschwörung.

Plötzlich wurde das Programm unterbrochen, und die Anzeige »Sonderbericht« flackerte auf. Eine Luftaufnahme der Brücke erschien auf dem Bildschirm. Durch die starken Suchscheinwerfer eines Hubschraubers war der rote Rio Grande unter der Brücke taghell erleuchtet. Das Rot war so intensiv, daß es wie Blut wirkte. Die Rotorblätter peitschten plötzlich so laut in dem kleinen Fernseher, als hätte Cindy sich versehentlich auf den Lautstärkeregler der Fernbedienung gesetzt. Es war nichts anderes zu hören als das Geräusch der Rotorblätter. Cindy wartete darauf, daß die Lautstärke wieder auf den Normalpegel sinken würde oder daß die Stimme des Ansagers hörbar würde, aber man hatte offensichtlich Schwierigkeiten mit dem Ton. Das Peitschen der kreisenden Rotorblätter lähmte sie. Sie konnte noch nicht einmal mehr nach der Fernbedienung auf dem Couchtisch genau vor ihr greifen, um den Ton leiser zu stellen. Sie war wie hypnotisiert.

Es war ihr, als stehe sie dort oben auf der Brücke, unter dem Hubschrauber, und würde den heißen Wind der Rotorblätter spüren und den starken Duft der Maulbeeren riechen, den sie an diesem Nachmittag wahrgenommen hatte, als sie über das Geländer in das rote, rote Wasser des Rio Grande blickte.

10

Rosa

Als kleines Mädchen war sie auf dem linken Auge erblindet. Ein Popcorn hatte sie getroffen, als sie unter den Pfannendeckel spähte. Es war von einer dicken, milchigweißen Schicht umgeben, das Auge, und so sah sie die Welt, weiß, milchig und dick. Damals war ihr klar geworden, daß sie geboren war, um zu leiden.

Am Wochenende ihrer Erstkommunion verbrachte sie den ganzen Sonntagnachmittag damit, im Falcon Lake südöstlich der Stadt Süßwassermuscheln zu sammeln. Am Abend, als alle mit Sack und Pack ins Auto stiegen, hatte sie eine riesige Ziploc-Gefriertüte voll

Muscheln, einige so groß wie 50-Cent-Stücke, andere so winzig wie 1-Cent-Stücke.

Bei der Heimkehr der Familie geschah etwas, das Rosas Leben verändern sollte. Es war das erste von zwei ähnlichen Ereignissen im selben Jahr. Sie ging nach draußen unter das Wellblechdach, das während der langen, heißen Sommer in Südtexas sonntags als Partyzelt für die Barbecues und sonst als Garage für den senfgelben Dodge Duster diente, mit dem ihr Papa sie morgens in die Schule fuhr. Sie stellte den Eimer genau unter die Glühbirne neben dem Insektenvertilger, der seit 1966 von der Mitte des Blechdachs herabhing, füllte den Eimer mit Wasser von dem Hahn neben dem japanischen Apfelbaum und schüttete ihre Muscheln hinein. Dann ging sie in die Küche, holte aus einer Schublade ein Messer, ohne zu merken, daß ihre Mutter sie aus dem Augenwinkel beobachtete, aber nichts sagte.

Kaum war sie verschwunden, kam ihr Bruder hinter dem großen Grill hervor und machte sich an den Muscheln zu schaffen. Die Küchentür hielt er im Auge, um sich zu vergewissern, daß Rosa ihn nicht überraschte. Als sie endlich zurückkam, das Küchenmesser in der Hand, stach sie die Muscheln eine nach der anderen auf. Genau bei Nummer 37 begann sie lauthals zu schreien. Ihre Mutter im Haus dachte gleich, das scharfe Messer sei Rosa in die Handfläche gedrungen oder sie habe sich einen Finger abgeschnitten, aber das war es nicht. Rosa hatte eine Perle gefunden.

Onkel und Tanten, die bei dem Picknick dabei gewesen waren, kamen in die Küche geeilt, um die Perle zu begutachten. Der scharfsinnige Onkel meinte, es sei unmöglich, denn nur Austern produzierten Perlen. Doch verwundert schauten alle zu, als Rosa die dicke Perle aus der winzigen Muschel zog.

In der Schule hatte Rosa gerade das Gleichnis von Jesus gelesen, der die Fische und Brotlaibe vermehrt hatte, um diejenigen zu speisen, die gekommen waren, ihn predigen zu hören, und so stellte Rosa sofort eine merkwürdige Verbindung zwischen dem Gleichnis und der Perle her. Sie wußte, daß es ein Wunder war, und begann lautlos zu beten.

Hinter der grünen Fliegentür, die von der Küche in das Zimmer der Großmutter führte, kicherte Rosas Bruder vor sich hin. In der Hand hielt er die falsche Perlenkette, die er aus der Blechdose genommen hatte, in der seine Großmutter ihre Knöpfe aufbewahrte.

Von diesem Tag an wartete Rosa auf weitere Zeichen Gottes.

Und sie erhielt eins im folgenden Sommer, als sie nicht aufhörte, über die Geschichte der Erscheinung Unserer Lieben Frau von Guadelupe vor Juan Diego zu reden. Jeden Tag, über eine Woche lang, erzählte sie nach der Schule jedem aus der Familie wieder und wieder die Geschichte: Wie Juan Diego so ein guter Mensch gewesen war, daß ihm die Jungfrau auf einem Hügel im Herzen von Mexico City erschienen war und Rosen gegeben hatte, obwohl es Winter und nicht die richtige Jahreszeit war, damit er sie dem Bischof zum Beweis mitbringen konnte.

Sie wußte es nun ganz sicher, daß die Perle, die sie in der Muschel gefunden hatte, ihre Rosen gewesen waren – ihr Beweis für die Existenz Gottes.

An einem Freitagnachmittag ging sie ins Freie und setzte sich unter den japanischen Apfelbaum, um mit ihren Puppen zu spielen. Auf einmal schwebte sanft eine wahre Wolke von Rosenblättern vom Himmel herab. Mit ihrem milchigen Auge blickte sie ungläubig in die helle, heiße Sonne von Südtexas und glaubte für den Bruchteil einer Sekunde Gott auf einer Wolke zu sehen. Sie sammelte die Rosenblätter in ihrem Rock und rannte weinend ins Haus. Sie kniete sich vor ihre Großmutter, die in dem großen, mit türkisfarbenem Plastik überzogenen Sessel einen Roman las, und ließ ihr die Rosenblätter auf die Füße fallen.

Ihr älterer Bruder kletterte vorsichtig vom Wellblechdach neben dem japanischen Apfelbaum und glitt einen der sechs Pfosten, die das Dach trugen, hinab. In der einen Hand hielt er beim Rutschen einen Plastikeimer, mit der anderen hielt er sich am Pfosten fest. Zwei oder drei dunkelrote Rosenblätter klebten auf dem Eimerboden.

Natürlich glaubte ihr niemand.

Ihr Vater hätte ihre Mutter beinahe gezwungen, sie aus der katholischen Schule zu nehmen: »Die verrückten Nonnen bringen sie noch dahin zu glauben, daß sie eine Heilige ist. Du nimmst sie besser aus der Schule, *antes que esas monjas la vuelvan loca.«*

Die Mutter weigerte sich: »Ich nehme sie nicht aus der Schule und damit basta!«

Rosas Vater war überzeugt, daß die Nonnen seine Tochter schließlich in den Wahnsinn treiben würden. »Wenn sie es nicht schon getan haben!«

Viele Jahre später, fünfzehn Jahre alt und fast fertig mit der Highschool, saß Rosa mit gekreuzten Beinen unter demselben japanischen Apfelbaum und starrte schwitzend mit ihrem milchigen Auge in die Sonne, als sich der Himmel jäh in ein dunkles, dunkles Grau verwandelte.

Sie fühlte, daß ihr Zeichen bevorstand.

Nach dem Wolkenbruch sah sie an jenem Nachmittag im Fernsehen die Nachrichten über den Fluß. Sie starrte konzentriert auf das neue Fernsehgerät. Sie starrte auf die

Nachricht von dem dunkel-, dunkelroten Fluß.

»Genau wie die Farbe der Rosen, die vom Himmel auf mich gefallen sind«, flüsterte sie leise.

Weinend zog sie ihre weißen Lacklederschuhe und ihr weißes Lieblingssommerkleid aus Baumwolle an und schlug wortlos die Fliegentür zu. Sie machte sich auf den Weg zur Brücke.

Von einem Strauch im Garten eines Nachbarn pflückte sie mehrere Rosen. Die Dornen spürte sie nicht. Sie suchte Gott. Sie brauchte nur etwa zwölf Straßenzüge weit zu gehen, bis sie die Convent Street in Südrichtung vor sich liegen sah.

Drei Straßenzüge vor der Brücke fing sie an zu singen. Ein Lied nach dem anderen aus dem Gesangbuch der Kirche.

»Speist von seinem Körper, trinkt von seinem Blut, und wir singen ein Lied der Liebe. Hallelu! Hallelu! Hallelu! Halleluja!« sang Rosa, schritt auf die Brücke zu und hielt die Blumen vor sich.

Die Leute sahen sie an.

»*Está loca*«, sagten sie. Aber sie war nicht verrückt. Sie suchte Gott.

So voll die heißen Straßen auch waren, die Menschen wichen nach rechts und links zur Seite, als sie mitten auf dem Gehsteig entlangschritt. Selbst als sie die langen Schlangen erreichte, die zu den Drehkreuzen führten, tat jeder einen Schritt zu Seite. Ein alter Herr steckte gleich seine Münze in das Drehkreuz, als sie ankam. Sie schwebte nur vorbei.

Es war unglaublich, daß alle die Polizisten, Soldaten und Bundesbeamten sich nicht die Mühe machten, sie aufzuhalten. Alle starrten sie nur an.

Sie marschierte genau bis zur Mitte der Brücke, die Menschenmenge teilte sich auch hier vor ihr, und am Geländer blickte sie in Richtung Osten.

»Was du dem letzten meiner Brüder tust, hast du mir getan«, sang sie.

Eine Menschenmenge versammelte sich um sie, erstaunt, verwirrt, niemand wußte, was zu tun war.

Rosa beendete ihr Lied und zog sich mit einer schnellen Bewegung auf das Geländer.

Die Beine zur Flußseite baumelnd, die weißen Lacklederschuhe um die Stäbe gewunden, blickte sie in Richtung Osten und hielt nach Gott Ausschau.

Alle Münder standen offen.

Rosa sang aus vollem Herzen, hockte wie ein Vogel auf dem Metallgeländer.

Jemand rannte los, um die Polizei zu holen.

Der Zwischenfall war in wenigen Minuten vorüber. Gerade als zwei oder drei Polizisten auf der Szene erschienen, hupte laut ein Sattelschlepper und kam mit kreischenden Bremsen fast unmittelbar vor ihnen zum Stehen. Rosa wandte sich um, weil sie sehen wollte, was los war. Da packte ein Polizist sie und zog sie vom Geländer. Als er merkte, daß sie keinen Widerstand leisten wollte, hielt er sie wie ein kleines Kind im Arm und machte sich auf den Weg zur amerikanischen Seite. Sie zerpflückte die Blumen, und bei jedem Schritt, den der Polizist machte, warf sie ein Blütenblatt über das Geländer in den Fluß. »Ave, ave, ave, Maria. Ave, ave Ma-ri-i-i-a.«

11

Sofia

Sofia sah hinauf zu dem Flugzeug am klaren blauen Himmel von Nordmexiko und sagte: »Als ich klein war, gab es noch keine Flugzeuge. Man stelle sich das vor. Keine Flugzeuge. Immer wenn ich zum Himmel schaue und eins sehe, kann ich es kaum glauben.« Ihr dünnes Baumwollkleid mit den großen blauen Blumen, ganz wie der Himmel, flatterte im heißen Wind. Lange stand sie so da, abwartend, und beobachtete den weißen Flockenbogen, den das Flugzeug gezogen hatte. Der Himmel wurde zur Decke, *el cielo*. Und Sofia wurde zum Himmel.

Eigentlich war sie noch ein Kind gewesen, fünfzehn Jahre, als sie ihn in dem winzigen mexikanischen Dorf kennenlernte. Sie wußte sofort, daß sie ihn liebte.

An jenem Abend, als sie ihn bei der Tanzveranstaltung auf der Plaza kennenlernte, hatte sie neben ihrer Schwester Angela Gloria gesessen. Sittsam hatte sie die Augen niedergeschlagen, als er sie zum Tanzen aufforderte. Das bedeutete, daß sie an ihm interessiert war, auch wenn sie an jenem Abend nein sagte. Sie würde warten, bis zum nächsten Tanz eine Woche später, dann würde sie ja sagen. Aber wer war er? Sofort setzte der Klatsch ein.

Die Frauen, die alle in einem riesigen Kreis um die Tanzfläche saßen, stellten die Frage: *»Quién es ese hombre?«*

Man konnte sehen, wie sie sich die Köpfe verrenkten, während die Frage um den Tanzboden lief, als ob sie »Stille Post« bei der Geschenkparty für eine Braut spielten. Noch bevor der Abend vorbei war, wußte sie, wer er war.

Siebenundvierzig Jahre später wartete sie wie jeden Abend darauf, daß er von der Arbeit auf der mexikanischen Seite nach Hause kam.

Auf dem Weg zur Brücke hielt sie bei Woolworth an, um zur Abkühlung ein Eiscreme-Sandwich zu kaufen. Die drückende Hitze und die Feuchtigkeit lasteten auf ihr. Sie war müde, und ihr war heiß, so heiß. Etwas mußte geschehen sein, denn ihr Mann war am Abend zuvor nicht nach Hause gekommen.

Nachdem sie ihr Eis gekauft hatte, stand sie vier Straßenzüge von der Brücke entfernt und besah sich den Menschenauflauf. Sie hoffte aus ganzem Herzen, daß ihr Mann nicht in irgendeiner Form in der Klemme saß. Das war noch nie vorgekommen, und sie wußte wirklich nicht, was sie tun sollte. Er war alt, müssen Sie wissen.

Die ganze Nacht war sie wach geblieben und hatte in ihrem Schaukelstuhl auf ihn gewartet. Den elektrischen Ventilator hatte sie immer wieder herumgerückt, weil es so heiß und sie so unruhig war. Die weichgekochten Eier lagen ungepellt in seiner Lieblingsschale auf dem Küchentisch. Sie sah die Sonne aufgehen, durch die Fliegentür, und sie fing an zu weinen. Sie hatte niemanden, an den sie sich hätte wenden können, außer an die Polizei, und die Polizei würde wahrscheinlich nichts für sie tun können, weil er auf der anderen Seite war. Und die Polizei auf der anderen Seite, nun, die würde nur versuchen, ihr Geld abzuknöpfen; das wußte sie.

Sobald die Sonne aufgegangen ist, dachte sie, während ihr die Tränen über die Wangen rollten, überquere ich den Fluß und suche ihn selbst.

Aber als sie am frühen Morgen versuchte, die Brücke zu überqueren, war die Brücke gesperrt. Es war irgend etwas mit dem Flußwasser los, und wegen der Menschenmassen konnte sie sich der Brücke nur auf drei Straßenzüge nähern.

Sie kehrte nach Hause zurück, um zu warten, ob man sie ein wenig später hinüberlassen würde, aber sie schlief im Schaukelstuhl ein. Gerade war sie hochgeschreckt und hatte gemerkt, wie spät es war. Ihr Mann war noch immer nicht zurück. Sie hatte das Gefühl, ein ganzes Jahr ihres Lebens verloren zu haben.

Sie duschte rasch, schwitzte aber selbst unter der Dusche, so heiß war es. Sie duschte rasch, ohne nachzudenken, so besorgt war sie wegen ihres Mannes. Als sie wieder auf dem Weg zur Brücke war, merkte sie, daß sie sich nicht ausreichend abgespült hatte, denn von ihrem Ohr tropfte noch das Shampoo. Sie stellte fest, daß ein Wolkenbruch niedergegangen war, während sie geschlafen hatte: der Gehsteig war naß und dampfte. Heiße, seifige Flüssigkeit rann ihr den Nacken hinunter.

Nun stand sie da, ein paar Blocks von der Brücke entfernt, das Eiscreme-Sandwich schmolz in der Hitze und tropfte auf ihre Hand. Sie starrte in Richtung der Brücke. Ganz auf ihre Sorgen konzentriert, leckte sie das Eis von der Hand.

Sie zögerte, zur Brücke zu gehen, aus Angst, er könnte nicht dort sein, aus Angst, sie könnte ihn verfehlen, aber dennoch tat sie schließlich den ersten Schritt nach Süden, nachdem sie ihre eisverschmierte Serviette in eine mit Abfall gefüllte Schachtel geworfen hatte. Mit den Zähnen riß sie ein Feuchttuch auf, das sie aus ihrem Münzgeldbeutel gezogen hatte, wischte sich Hände und Lippen ab und setzte sich in Richtung der Brücke in Bewegung. Das kühlende Frischetuch an ihrem Mund war eine Wohltat.

Beinahe hätte sie kehrtgemacht und wäre zurück nach Hause gegangen; den Gedanken, ihn nicht zu finden, konnte sie nicht ertragen. Aber irgend etwas zog sie fort. Irgend etwas ließ sie zur Brücke blicken und weitergehen. Um sie herum waren so viele Menschen, und sie war so klein. Sie mußte auf den Zehenspitzen stehen, um etwas sehen zu können, und selbst dann sah sie kaum etwas, als sie über den Köpfen der ach so großen Leute, die eine Schlange gebildet hatten, um die Brücke zu überqueren, nach ihrem Mann Ausschau hielt.

»Es la sangre de Dios«, sagte eine Frau drei Leute vor ihr in der Schlange zu einem Reporter am Drehkreuz. Sofia war religiös, aber sie fand es lächerlich, daß jemand das schmutzige Flußwasser nun für Gottes Blut hielt.

In höchster Sorge drängelte sie sich an der Frau und dem Reporter vorbei. Weil sie so klein war, konnte sie sich leicht durch die Menschenmenge schlängeln. Verzweifelt nach ihrem Mann Ausschau haltend, stieß sie auf halbem Weg über die Brücke eine Frau an, die völlig durchnäßt war und sich vor Schmerzen krümmte.

»Hija mía, qué te pasa?« fragte sie die Frau, um zu erfahren, was mit ihr los war.

Dann sah Sofia ihren Bauch.

Die Frau sank zu Boden; Sofia tat, was sie konnte, damit sie sanft auf den Betonboden glitt. Zwei alte Männer eilten ihr zur Hilfe. Das Kind kam.

Die Frau schrie laut auf, sie hatte so heftige Schmerzen. Das Kind kam. Sofia nahm ihre Geldbörse aus Plastik und legte sie der Frau zwischen die Lippen. Die Frau biß instinktiv hinein, und ihre Beine spreizten sich. Das Blut begann zu fließen, die Haut zwischen ihren Beinen war gerissen. Das nasse, dunkle, schwarze Haar ihres Kindes zeigte sich.

Die Geldbörse fiel der Frau aus dem Mund, das Kind glitt rasch aus ihr heraus, und beide gaben einen durchdringenden Schrei von sich. Sofia umhüllte das Kind mit ihrem Rock und wischte es zärtlich ab. Noch auf den Knien hielt sie das Kind zum Himmel empor. Blut tropfte von dem Baby auf ihr Gesicht, auf den Gehsteig, in das rote rote Wasser des Flusses. Der Wind des Hubschraubers über ihnen kühlte sie, der Wind, der die Brücke mit dem Geruch von Maulbeeren und Geburt erfüllte.

12

Soledad

Die Gewitterwolken, die an jenem Nachmittag plötzlich aus dem Nirgendwo herbeijagten, platzten jäh mit einem Knall, und der heftige, heiße Wolkenbruch von Südtexas vermischte sich mit dem warmen Wasser aus Soledads Schoß. Sie war zu Fuß unterwegs zur amerikanischen Seite, wo sie ihr Kind zur Welt bringen wollte, und langsam rollten die Tropfen an ihren Beinen hinab. Dann, so plötzlich, wie er angefangen hatte, hörte der Regen auf. Der Himmel wurde klar, hell, heiß und elektrisch. Der Regen verdampfte auf Soledads Gesicht; ihre Augen waren nicht länger schwer.

Jetzt sah sie klar.

Sie würde ihr Kind Clara nennen.

Beim Betreten der Brücke fühlte sie einen jähen Schmerz, der sie wie ein Schlag traf. Sie hockte sich sofort hin, natürlich, instinktiv. Jemand half ihr. Sie war so dankbar. Als sie hinunterblickte, über ihren Bauch, zwischen ihre Beine, riß die Haut wie ein Stück Papier. Ihr dunkles Schamhaar war blutgetränkt, und sie sah den Kopf ihres Kindes. Sie stieß einen lauten Schrei aus und verlor fast das Bewußtsein.

Der starke Geruch von Maulbeeren, eine jähe Bö und das Dröhnen des Hubschraubers über ihr brachten sie wieder zu sich. Der Schmerz war weg. Sie war hungrig. Sie meinte, einen Krankenwagen zu hören. Erneut nach unten blickend sah sie die Nabelschnur, die noch zwischen ihren Knien hing. Sie folgte ihr mit den Augen bis zu den Armen der Frau, die vor ihr kniete und die ihr, wie sie sich jetzt erinnerte, geholfen hatte. Die Frau hielt das Kind in die Höhe und sprach offensichtlich ein Gebet. Soledad lächelte ihr Kind an, das sich noch wand und schrie. Soledad nahm einen tiefen, tiefen Atemzug von der Luft, die nach Maulbeeren roch, und stimmte leise in das Gebet ein: »Clara, Clara, Clara.«

13

Adelita

Die Schwester sah den Hinweis auf die Sonderberichterstattung auf dem tragbaren Mini-Fernseher, den ihr eine ihrer Schülerinnen geschenkt hatte und zu dem die Äbtissin ihre Zustimmung gegeben hatte – »aber nur für besondere Ereignisse« (der Papst sollte in jenem Sommer Südtexas besuchen). Schwester Adela sah ungläubig zu, wie Tomasitas private Fotos auf dem Bildschirm erschienen: das Foto, das gemacht worden war, als die Nonnen ihr eine Auszeichnung verliehen und den Monsignore gebeten hatten, ihr zu Ehren eine Messe zu zelebrieren, Bilder von ihr und ihrem Mann und zuletzt drei der vier kleinen Bilder eines Streifens, den Tomasita in der Fotokabine von Woolworth in der Stadtmitte hatte machen lassen.

Der Nachrichtensprecher beendete seinen Sonderbericht mit dem Satz: »Diese Frau wird von den mexikanischen Behörden gesucht. Sie soll im Zusammenhang mit den Ereignissen um die mysteriöse Farbe des Rio Grande befragt werden.« Weinend saß Schwester Adela vor dem winzigen Fernseher. Sie dachte an ihr Leben in Mexico City und wie es von einem Sonderbericht nach dem anderen zerstört worden war.

Sie erinnerte sich an den Hügel, auf dem das Mietshaus stand, wo sie mit ihrem Vater, ihrer Mutter und ihrem Bruder Javier am Stadtrand von Mexico City gewohnt hatte. Sonderbericht: »Ein Bus ist in einer scharfen Kurve der heimtückischen Straße zwischen Taxco und *La Capital* in einen Pemex-Tanklastwagen gefahren.« Adela war zusammengebrochen.

Der gigantische Feuerball aus Stahl, Gummi und Fleisch war siebenhundert Meter den steilen Berghang hinuntergestürzt. Leichen waren keine geborgen worden, und es hatte auch keine Überlebenden gegeben. Ihre Eltern waren in jenem Bus gewesen.

Ihr Bruder fand sie auf dem Boden des Wohnzimmers, als er mit einem Korb voll Eier vom Markt zurückkam. Adelita war schweißgebadet und weinte hemmungslos.

»Adelita, Adelita, *linda,* alles wird wieder gut. Alles hat seinen Grund. Erinnerst du dich nicht, daß Papa das immer gesagt hat?« sagte er auf spanisch zu ihr, als sich das Unglück bestätigte. Und so fand sie die Kraft, wie ihre Mutter es sie gelehrt hatte, sich in den Bus zu setzen und dieselbe heimtückische Straße nach Taxco zum Begräbnis zu fahren.

Die Öl- und Gasgesellschaft der Regierung hatte siebenundfünfzig leere, blumengeschmückte Särge bezahlt, die alle von Pemex-Arbeitern die steilen Straßen von Taxco zur Kirche getragen wurden. Sie säumten die ganze Straße, vom Altar bis hinüber zur anderen Seite der Plaza, als der Bischof für die Seelen in den leeren Särgen betete. Eine riesige Blumenwand bedeckte die Fassade der Kirche, sie war natürlich von Pemex in Auftrag gegeben. Adelita und Javier, sechzehn und achtzehn Jahre alt, hatten vor der Kirche gestanden, hielten sich an den Händen und weinten. Vor lauter Menschen konnten sie nicht in die Kirche hinein.

Eine Woche nach der Beerdigung hatte Adelita trotz des Protests ihres Bruders eine Stelle als Hausmädchen im vornehmen Stadtteil Polcano angenommen, damit ihr Bruder die Schule beenden und sie das Essen und die Abgaben für die Wohnung bezahlen konnte, die ihre Eltern ihnen hinterlassen hatten.

O mein Gott! dachte sie, als sie Tomasitas Bild auf dem kleinen Fernseher betrachtete, das abwechselnd mit Bildern des blutroten Rio Grande aufleuchtete. Die Vergangenheit mit all ihrem Kummer stand ihr wieder einmal vor Augen.

Sonderbericht: »Ein Zusammenstoß zwischen Universitätsstudenten und Bundestruppen führte heute in den frühen Morgenstunden zu mehr als dreißig Toten und Hunderten von Verletzten.« Alte, schneeige Fernsehbilder zogen ihr durch den Kopf, als hätte sie sie gerade erst gestern gesehen: brennende Fahnen, junge Mexikaner und Mexikanerinnen, auf die Soldaten eindroschen. Ein

Mädchen, vielleicht in ihrem Alter, das von Schäferhunden der Regierung in zwei Richtungen gezerrt wurde. Feuer. Soldaten, die Studentenansammlungen mit Wasserwerfern naß machten. Überall spritzendes, sprühendes Wasser. Sie erinnerte sich, wie sie vom Bett aufgestanden war und an den Kaninchenohren aus Folie herumgebogen hatte, die das Gerät anstelle einer Antenne hatte, um mitzuerleben, was an einem besonders gewalttätigen Tag im Sommer 1968 geschah. In jenem Sommer, als sich wegen der Olympischen Spiele alle Augen auf Mexico City richteten. In jenem Sommer hatte man tausend und abertausend weiße Tauben im Olympiastadium fliegen lassen, Friedenstauben. In jenem Sommer, als ihr Bruder verschwand.

Um ihr Leben bangend, war sie zu dem alten Konvent hinter dem Hügel gerannt, wo die Jungfrau von Guadelupe dem Juan Diego erschienen war, und vermählte sich Gott.

Die Schwestern waren in der winzigen Kapelle versammelt, als der Priester einen Begräbnisgottesdienst für ihren Bruder zelebrierte. Diesmal gab es noch nicht einmal einen leeren Sarg. Die Nachrichtensprecher berichteten von Körperteilen, die etwas südlich von Acapulco an Land gewaschen worden seien. Adelita legte ihre Novizengelübde ab und wurde aus der Gefahrenzone entfernt und in die USA geschickt, um zu studieren.

Tomasita war ihre *comadre*, eine Freundin, wie eine Freundin aus der Kindheit, aus der Vergangenheit, die sie »Adelita« nannte, nicht »Schwester Adelita«, sondern einfach »Adelita«, wie ihr Bruder sie vor langer Zeit genannt hatte. Sie liebte sie von Herzen.

»Sonderbericht« leuchtete es wieder auf dem Bildschirm auf. Tom Borkaw forderte die Bevölkerung auf, sich vom Fluß fernzuhalten, »bis eine vollständige Untersuchung durch das Innenministerium und die Zentren für Krankheitsbekämpfung durchgeführt worden ist«. Das rote, rote Wasser des Rio Grande glitzerte im Hintergrund.

Die Nonne hörte jemanden am Schloß der Küchentür hantieren. Sie bekam einen Schreck.

14

Tomasita

Ganz vertieft kniete sie am Ufer des Flusses und spülte, als ihr der Topf mit den angebrannten Bohnen aus der Hand glitt und mit einem Plumps in den schweren Zuber fiel. *Diosito Santo!* dachte sie. Nun ist er kaputt. Sie brach in Weinen aus. Der Topf hatte schon ihrer Großmutter gehört. Sie brachte es nicht über sich, die Tonscherben im Spülwasser liegen zu sehen, und schlug die dunklen, schwieligen Hände vors Gesicht. Wie ein nasses Küchentuch glitt sie langsam zu Boden; die sandige Erde unter ihrer Wange wurde zum Kissen. Eine ganze Weile lag sie so da und sah im Geiste ihre längst verstorbene

Großmutter und Mutter vor sich, wie sie über einem offenen Feuer Bohnen umrührten.

Langsam erhob sie sich und fischte die Tonscherben vom Boden des Zubers. Sie tastete mit den Fingern nach ihnen, als seien es kostbare Perlen. Behutsam legte sie eine nach der anderen in ihr Plastiknetz. Dann spülte sie das restliche Geschirr und leerte den Zuber in den Rio Grande, weit im Westen der Stadt, in der Nähe des kleinen Baches, der aus der riesigen amerikanischen Fabrik kam, wo die Häuser kaum mehr Häuser waren.

Sie war allein. Kinder hatten sie und José nicht gehabt. Während des kalten Januars, zwei Jahre nachdem er für sechs Dollar pro Tag als Aufseher in der Entsorgungsabteilung der neuen Fabrik zu arbeiten begonnen hatte, hatte ihr Mann über einen Schmerz auf beiden Seiten des Gesichts geklagt. Als wäre er von der Pest befallen, wucherten dort zwei dunkelrote Beulen. Bei seinem Tod hatte sie das kleine Holzhaus verloren, das die Firma ihnen vermietet hatte. Freunde hatten ihr am Fluß eine Behausung mit zwei Zimmern gebaut. Am Tag, als sie sie errichteten, hatte sie einen

Topf Bohnen für sie gekocht; ein Topf Bohnen war das einzige Geschenk, mit dem sie sich bedanken konnte für die Holzbretter, den Karton und die grünen gewellten Glasfaserplatten, aus denen ihr Zuhause zusammengesetzt war, direkt unten am Fluß. Der Fluß war ihr Hinterhof, ihre Toilette und ihr Badezimmer.

Nachdem sie den Bohnentopf zerbrochen hatte, wanderte sie tagelang mit ihrem rosa Plastiknetz am Fluß entlang und sammelte Maulbeeren von den Bäumen, die wild am Ufer wuchsen. Sie schien nicht sie selbst zu sein; sie fühlte sich auch nicht wie sonst. Sie wußte nur, daß da etwas war, das sie tun mußte. Was es war, wußte sie noch nicht. Sie sammelte so viele Maulbeeren, daß sie sich hinter ihrer Behausung zu einem Berg von vier Meter Durchmesser und zwei Meter Höhe auftürmten. Mit einem selbstgebundenen Bambusrechen breitete sie die Maulbeeren auf dem Sandboden aus, damit sie trocknen konnten.

Viele Monate lang saß Tomasita abends am Fluß, wenn sie die Gewänder im Kloster der Salesianischen Schwestern auf der amerikanischen Seite gebügelt hatte, und mahlte die getrockneten Maulbeeren und die Scherben ihres zerbrochenen Tontopfes auf einem großen flachen Stück Sandstein zu Pulver. Es war so fein, daß sie aufpassen mußte, daß die heiße leise Brise, die an der Grenze wehte, es nicht forttrug. Sie füllte das Pulver in die große Blechwanne, immer eine Handvoll. Jeden Abend, wenn sie mit dem Mahlen von Beeren und Ton fertig war, bedeckte sie die Wanne mit den Blättern des riesigen grünen Elefantenohrs, das am Ufer wuchs. An dem Abend, als sie die letzte Handvoll Beeren gemahlen hatte, war die Wanne fast randvoll. Schweißgebadet sah sie hinauf zum Firmament und fühlte sich plötzlich einsam: Der Raum in ihr war identisch mit dem, zu dem sie hinaufstarrte. Sie war gleichzeitig nirgendwo und überall. Nun wußte sie genau, was sie zu tun hatte.

Um Mitternacht zog sie mit jedem Quentchen Kraft, über das sie verfügte, die riesige Wanne zum Rand des Baches. Der Bach, der ihn getötet hat, dachte sie, als sie das Pulver an seinem Rand verstreute, als sie es aus der locker geballten Faust herausrieseln ließ und jedesmal das Zeichen des Kreuzes machte. Sie verteilte das Pulver vom großen Rohr ausgehend, das aus der Fabrikmauer kam, bis zu der Stelle, wo sich das Rinnsal in den Fluß ergoß. Das Pulver vermischte sich mit dem Schlamm und Schmier am Rand und sickerte langsam, langsam in den Fluß.

Der Mond war vollständig aufgegangen, als sie die letzte Handvoll Pulver in den Bach warf. Eine seltsam kühle Brise kam vom Fluß und kroch ihr die Wirbelsäule hinauf. Sie machte einen Kniefall und schlug den Weg nach Hause ein. Erschöpft legte sie sich zum Schlafen auf ihr Bett.

Wäre sie einen Augenblick länger geblieben, hätte sie beim Licht des Mondes, der hinter den dicken weißen Wolken hervorgesegelt kam, gesehen, daß das Bachwasser das Pulver in den Fluß getragen hatte und sich das Wasser des Rio Grande zu verfärben begonnen hatte. Er wurde ganz dunkelrot, wie der Nil, der sich in Cecil B. DeMilles *Die Zehn Gebote* wie durch Zauberei in Blut verwandelt hatte.

Am folgenden Morgen wurde sie von einem NBC-Nachrichten-Hubschrauber geweckt, der genau über dem Fluß schwebte. Sie fragte sich, was wohl los sei, und schützte ihre müden alten Augen mit der Hand vor der heißen Morgensonne und dem aufgewirbelten Staub. Ein Mann hing halb aus dem Hubschrauber, auf der Schulter hielt er eine riesige schwarze Kamera.

Tomasita folgte der Richtung, in die die Kamera wies, und sah voll Schrecken, daß der Fluß rot war, rot wie Blut.

Sie starrte auf den Fluß wie auf einen Stummfilm in Zeitlupe, in totaler Stille, denn sie war vor ein paar Jahren, nach einer schweren Erkältung, vollständig taub geworden. Das war ungefähr zu der Zeit gewesen, als ihr Mann gestorben war. Auch den starken Maulbeergeruch konnte sie nicht wahrnehmen, denn als sie ihr Gehör verloren hatte, hatte sie auch ihren Geruchssinn eingebüßt.

Tomasita wußte nicht, was sie getan hatte. In weniger als zwölf Stunden war das Wasser des Rio Grande über viele Meilen dunkelrot geworden, und nun begann der Fluß, sein rotes Wasser in den Golf von Mexiko zu leeren.

Als der Hubschrauber endlich wegflog, sah sie in der Ferne mexikanische Soldaten in Schutzkleidung mit langen glänzenden Stahlstäben, an deren Ende kleine Edelstahleimer befestigt waren, im Fluß stochern. Die Männer trugen außerdem glänzendschwarze Maschinengewehre.

Was habe ich nur getan? dachte sie und sah ihre rotbefleckten Hände an. »*Diosito Santo!* Sie werden mich finden!« flüsterte sie vor sich hin.

Aufgeschreckt rannte sie in ihr Haus, um sich zu verstecken.

Dort blieb sie eine Weile schweratmend und schwitzend stehen, gegen die falsche Tür gelehnt, die ihre Freunde eingebaut hatten, und zermarterte sich das Gehirn. Was soll ich jetzt nur machen, *Diosito Santo?* Was soll ich jetzt nur machen? Dann griff sie nach ihrem Geldbeutel und ihrer Greencard und machte sich auf den Weg zur Brücke, auf die amerikanische Seite. Sie wollte zum Kloster, wo sie sich in Sicherheit wußte.

Die mexikanische Regierung vernagelte Tomasitas Haus mit Brettern, versah die Türen und Fenster mit Aufklebern, die darauf hinwiesen, was für ein schweres Verbrechen es sei, dort einzubrechen, ließ das Haus rund um die Uhr von einem Soldaten bewachen und sperrte das Areal mit orangefarbenen Seilen ab, von denen Pappschilder hingen, die vor der Verseuchung warnten.

Die Soldaten waren der Spur gefolgt, die Tomasita hinterlassen hatte, als sie verzweifelt den schweren Zuber mit den pulverisierten Maulbeeren und Tonscherben an den Rand des Baches neben der Fabrik gezogen hatte. Im Haus hatten die Soldaten hinter dem mittlerweile wackeligen Schrank, den ihr Mann ihr vor vielen Jahren als Geschenk zum ersten Hochzeitstag gekauft hatte, den Zuber gefunden, der von einer dunkelroten, pulvrigen Substanz verfärbt war.

Ein Gewitter lag in der Luft, während sie die über sechs Kilometer in die Stadt zurücklegte. Es war fast Mittag. Der Himmel verdunkelte sich, die Luft wurde heiß. Und vom Stadtrand, wo der Himmel plötzlich donnerte und die Wolken sich öffneten, legte sie weitere sechs Kilometer bis zur Brücke zurück. Sie war bis auf die Haut durchnäßt.

Als sie am Wachposten der mexikanischen Seite vorbeiging, flatterte ihr Herz. Sie hatte das Gefühl zu sterben. Sie wußte, daß man sie entdecken würde.

Aber man entdeckte sie nicht. Sie entrichtete den Brückenzoll. Beim Betreten der Brücke sah sie, wie die Menschen zusammenliefen. Fernsehkameras. Überall Polizei.

Niemand nahm Notiz von ihr. Die Leute schauten und deuteten auf den Fluß hinunter. Ihr war klar, was sie sich da ansahen, und wurde wieder unruhig. Sie konnte nicht mehr unterscheiden, ob sie von Regen durchnäßt war oder von Schweiß.

Wieder blickte sie ins Nichts, wie am Abend zuvor, bis plötzlich der jähe, schrille Schrei eines Babys die Stille vieler Jahre durchdrang. Sie konnte wieder hören! Verwirrt, stolpernd, die Hände nun schützend auf die Ohren gelegt vor lauter schreienden Beamten und hupenden Lastwagen und lärmenden Hubschraubern über ihr, machte sie ein paar Schritte. Da fiel ihr wieder ein, daß sie die Brücke überqueren wollte. Sie sah zwei alte Männer vor einer Frau hocken, die ein Kind zur Welt brachte.

Sie war erstaunt – noch immer wie betäubt. Während die Autos und Lastwagen an ihr vorbeifuhren, die Hubschrauber über dem Gewimmel schwebten, die Leute um sie herum nach einem Krankenwagen schrien, sah sie die wunderschöne alte Frau auf dem heißen Pflaster vor der Gebärenden knien und mit ihren durchdringenden haselbraunen Augen in den blauen Himmel blicken, wobei sie ein Kind über dem Kopf hielt, als wolle sie es dem Himmel schenken. Die Nabelschnur verband es noch mit seiner Mutter, und das Blut rann an den Händen der Frau hinunter. Das Kind schrie im Schmerz seiner Geburt.

Sie schritt auf das Kind zu und legte ihre rote, fleckige Hand auf seine Stirn. Dann ging sie weiter, der Geruch des Neugeborenen mischte sich mit dem Maulbeerduft auf ihrer Hand. Sie sah den roten Fleck nicht, den sie mitten auf der Stirn des Babys hinterlassen hatte. Sie drängte sich durch das Gewühl, um zur amerikanischen Seite zu gelangen.

Der Stadtbus hielt genau vor dem Kloster. Seit über fünfzehn Jahren bügelte sie für die gütigen Schwestern. Sie liebten Tomasita, als wäre sie eine der Ihren, als gehörte sie zur heiligen Familie. Noch immer unruhig, versuchte sie, ihren Schlüssel in die Tür zu stecken, war aber so aufgeregt, daß es ihr nicht gelingen wollte. Endlich war sie in der Lage, ihn ins Schloß zu stecken. Sie stolperte ins Kloster durch den Hintereingang direkt neben der Küche.

Erschreckt betrachtete die Schwester Tomasita, die von Regen und Schweiß durchnäßt war, deren Haar in Unordnung und deren Augen vom Wahnsinn gezeichnet waren – so sah es zumindest aus.

Tomasita kam näher und umarmte die Schwester. Tränen strömten aus ihren Augen. Die Nonne hieß sie, sich an den kleinen Küchentisch zu setzen, und setzte den Kessel auf, um Wasser für einen Orangenblättertee zu erhitzen, der Tomasitas Nerven beruhigen sollte.

Und als sie sich umwandte und Tomasita ansah, legte diese ihre Hände, Innenflächen nach oben, tief dunkelrot auf den Tisch.

Schwester Adela hatte gelernt, Tomasita von den Augen abzulesen, was sie brauchte, was sie wollte: die Sprühflasche für die Flüssigstärke, die Mülltüten aus Plastik, um Kleidung auszusortieren, das Verlängerungskabel für das Bügeleisen. Sie brauchten einander nur anzusehen, und die Nonne pflegte zu sagen: »Wart einen Augenblick, ich hol es dir.«

Sie kam zum Tisch und setzte sich vor Tomasita, ließ einen großen Löffel Honig in den Tee gleiten, reichte Tomasita die Tasse in die ausgestreckten Hände und half ihr behutsam, die feuchten Hände um die Wärme zu schließen, das Rot zu verbergen. Es fiel kein Wort.

Die Nonne versteckte Tomasita in einem unbewohnten Schlafraum an der Rückseite des

Klosters. Den Raum pflegten die Novizinnen zu benutzen, bevor sie ihr erstes Gelübde ablegten. Es war ein schlichtes Zimmer mit einem Eisenbett, einem kleinen Tisch und einem großen Kruzifix an der Wand über dem Bett.

Alles, was Tomasita in diesem Raum tat, war bügeln. Sie bügelte und bügelte und bügelte und bügelte, stundenlang, den ganzen Nachmittag über bis in die Nacht hinein, mit schockierender Kraft. Sie dachte an nichts anderes mehr als ans Bügeln. Es schien, als bügele sie nicht, um fertig zu werden, sondern einfach um des Bügelns willen.

Schwester Adela stahl sich etwa alle Stunde in den Raum, um zu sehen, wie es Tomasita ging. Ihr war noch nichts eingefallen, wie sie der Mutter Superiorin von Tomasita berichten konnte.

Tomasita bügelte noch immer. Sie bügelte, ohne nachzudenken, bis früh in den Morgen, kurz vor Sonnenaufgang. Etwas zuckte durch ihr Gehirn, so daß sie das Gefühl hatte, der obere Teil ihres Kopfes stehe in Flammen. Für den Bruchteil einer Sekunde und während einer Ewigkeit – so kam es ihr vor – sah sie sich brennen, das Fleisch fiel von ihren Knochen, ihr Haar verschwand, ihre Nägel schmolzen, ihre Knochen erbebten unter einem heftigen Feuer, bis nichts mehr übrig war. Ein letztes Bild brannte sich nun in ihr Gehirn ein: die fedrigbraunen Überbleibsel der Liebesbriefe ihres Mannes, wie sie durch die Luft schwebten. Sie würde zu guter Letzt zum Fluß zurückkehren, und er wäre bei ihr. Sie lächelte, von Frieden erfüllt bei dem Gedanken an ihn. Sie fühlte eine unglaubliche Ruhe. Sie fühlte das Universum in sich. Ihr war klar geworden, daß sie aus Lehm gemacht war und daß der Lehm dem Rio Grande wiedergegeben würde.

Aus dem Frieden wurde eine unverständliche Sehnsucht geboren, eine Sehnsucht, die der ähnlich war, die sie am Abend zuvor am Fluß erfaßt hatte. Ihre Augen wurden glasig. Sie durchwühlte den Haufen schwarzer Habits, die auf ihrer Bettkante lagen, und suchte nach einem, das ihr passen würde.

Die Briefe waren in dem alten Schrank versteckt, den ihr Mann ihr zum ersten Hochzeitstag geschenkt hatte, in dem Versteck, das er in einer der Schubladen im Schrank geschaffen hatte.

»Damit du das Geld verstecken kannst, das wir für unser Haus sparen. Eines Tages, Tomasita«, hatte ihr Mann gesagt und auf das Geheimfach gedeutet, »werden wir unser eigenes Häuschen besitzen von dem Geld, das wir hier drin gespart haben.«

Die Schublade wurde nie gefüllt. Sie hatten nie Geld übrig. Es schien immer zu verschwinden. Eines Nachmittags, eine paar Jahre nachdem ihr Mann das Versteck gebaut hatte, legte sie die Liebesbriefe hinein, die er ihr geschrieben hatte. Sie wußte nun, daß sie nie in der Lage sein würden, Geld zu sparen.

Mittlerweile wußte sie, daß die Soldaten ihre Fotos genommen hatten, Schwester Adela hatte ihr erzählt, daß die Fotos im Fernsehen gezeigt worden waren: das eine, wo sie vor den Horse Tail Falls standen, in Monterrey, während ihrer Flitterwochen. Dann das Bild von ihnen beiden, wie sie stolz vor dem kleinen Holzhaus standen, das die Firma ihnen vermietet hatte. Er schützte das Gesicht vor der Sonne mit der nach oben gewendeten Handfläche, sein breites, vertrautes Lächeln auf dem Ledergesicht. Tomasita wußte, daß die Briefe noch vorhanden waren, in dem kleinen lieben Haus am Fluß. Sie würde sie wiederbekommen, da mochte geschehen, was wolle. Sie würde sie in Händen halten, wenn das unglaubliche Feuer, das sie an jenem Nachmittag gefühlt hatte, sie schließlich verzehren würde. Sie würde mit den Briefen und ihrem Kummer zum Schlamm des Rio Grande zurückkehren.

Bevor die Nonnen aufstanden, war Tomasita im Dunkeln auf dem Weg zum Rio Grande, in Richtung Brücke. Mehrere Stunden später stellte eine besorgte Adela, die nicht hatte schlafen können, fest, daß Tomasita fort und die Hintertür unverschlossen war. Laut betend machte sich Adela an jenem dunklen, heißen Morgen zu Fuß auf den Weg zur Brücke.

Tomasita lag in der Dunkelheit hinter einem riesigen Kaktus flach auf dem Boden. Sie umklammerte den silbernen Rosenkranz, den die Äbtissin ihr gegeben hatte. Wieder einmal ruhte ihre Wange auf der weichen, sandigen Erde am Fluß.

Beim Überqueren der Brücke hatte man sie angestarrt, weil es so früh am Morgen war.

Die Posten an der Brücke hatten einfach »Guten Morgen, Mutter« gesagt und sie hindurchgewinkt. Sie hatten sie weder nach Papieren gefragt, noch nach den Sachen, die sie von den Vereinigten Staaten mitbrachte, da sie keine Tasche trug.

Im Bus hatte eine alte Frau in einem zerrissenen Hauskleid, die offensichtlich arm und müde war und deren Haar der Geruch von Elend entströmte, Tomasita gebeten, für sie zu beten.

»Ich habe zu hohen Blutzucker«, sagte die alte Frau, »und meine Beine werden taub, sobald am Abend die Sonne untergeht.«

»Bete du für mich«, sagte Tomasita zu der Frau, »und ich werde für dich beten.«

Sie reichte der Frau ein Bildchen der heiligen Clara, der Heiligen, die die Dinge vor den anderen verborgen hält. Sie hatte das Bild in der Schublade des Nachttischchens im Kloster gefunden und hatte es heute morgen mitgenommen, nachdem sie zur heiligen Clara gebetet hatte, sie doch versteckt zu halten, wenn sie in ihren alten Hinterhof ging.

»Bete das Gebet auf der Rückseite des Bildes in meinem Namen. Bete von Herzen, und ich verspreche dir, daß ich eine Novene für dich bete, wenn ich wieder im Kloster bin«, sagte sie zu der alten Frau.

Mit einem unruhigen Lächeln winkte sie der Frau zu und stieg aus dem Bus. Sie war einen halben Straßenzug von dem ungepflasterten Weg entfernt, der zu ihrem alten Haus führte.

Sehnsuchtsvoll und den Körper vor lauter Glückseligkeit wie von Elektrizität durchflutet, plante sie den nächsten Schritt.

Ich werde es tun, sobald sich der Soldat von der Tür entfernt, und irgendwann wird er essen oder sich erleichtern oder sonst was müssen, dachte sie unter dem Kaktus.

Genau wie sie es erwartet hatte, sah sie nach nur wenigen Minuten des Wartens, wie sich der Soldat zum Maulbeerhain am Fluß entfernte. Sie wußte, daß sie nicht viel Zeit hatte, deshalb schob sie sich hoch, wickelte den schwarzen Schleier wie einen Schal um sich herum, so daß der weiße Teil ihrer Tracht um das Gesicht herum nicht auffiel, und schritt schnell zur Tür ihrer alten Behausung.

Als sie dort ankam, sah sie nur das schwere Metallschloß an der Tür.

Was mache ich denn jetzt? dachte sie. Der Soldat kommt wieder zurück. Was mache ich nur? In dieser Dunkelheit kann ich noch nicht einmal richtig sehen. O Muttergottes, was soll ich nur tun?

Sie rannte zum Rand des Flusses und entdeckte mit Hilfe des Mondlichts einen großen weißen Kalkstein. Sie beugte sich vor und hob ihn mit zitternden Händen auf. Rasch hastete sie zurück zur Tür. Irgendwie gelang es ihr, den schweren Stein über ihren Kopf zu heben und auf das Vorhängeschloß zu werfen. Der Kalkstein zerbarst. Das Metallschloß sprang von der Tür. Sie schlüpfte ins Haus und schloß die Tür hinter sich. Keuchend und in ihrem schweren Gewand heftig schwitzend, stand sie mit dem Rücken gegen die Tür gelehnt, genau wie an dem Morgen, als die Soldaten gekommen waren. Sie zog das Feuerzeug hervor, das sie sich in den Ärmel gesteckt hatte, und knipste es an. Da war er, in der Ecke.

Er war sehr baufällig, er wurde eigentlich nur noch von der Wand gehalten. Um ihn herum auf dem Lehmboden waren ihre Kleider verstreut, mit Schlamm verkrustet, von Schrittspuren bedeckt. Sie sah, daß die Schubladen fehlten! Ihr Herz wurde schwer. Tränen stiegen ihr in die Augen. Mit ausgestrecktem Arm hielt sie das Feuerzeug vor sich und erleuchtete den kleinen Raum.

Da waren sie, die beiden Schubladen. Eine lag zerschmettert in der Ecke auf der anderen Seite ihres alten Bettes. Rasch durchquerte sie den Raum. Als sie sich mit dem Saum ihres Gewandes an einer Ecke des Bettes verfing, zerriß sie den Stoff. Das Geräusch ließ sie erstarren wie ein Reh, das mitten in der Nacht ein Geräusch hört. Ihr Daumen ließ das Feuerzeug los. Das Licht ging aus. Sie stand, wie ihr schien, eine lange Zeit wie erstarrt da. Sie konnte sich einfach nicht rühren. Sie hatte mehr Angst davor, daß man die Briefe gefunden hatte, daß die Briefe nicht mehr dasein könnten, als daß der Soldat zurückkommen und sie finden könnte.

Endlich kniete sie vor den Schubladen. Die Möbel hatte sie mit ihren Händen ertastet, den Boden mit den Schuhen, als sei es Braille. Mit ihren Fingern betastete sie den Boden einer der Schubladen, bis sie die kleine hölzerne Erhebung fand. Als sie sanft daran schob, sprang der falsche Boden nach oben. Zitternd griff sie in das Versteck. Die Briefe waren noch da. Tomasita weinte.

Plötzlich hörte sie, wie sich die Tür hinter ihr öffnete, und mit einer jähen Bewegung drehte sie sich um und zündete das Feuerzeug an. Der Soldat blieb stehen. Eine Art Energiestrom floß zwischen ihnen.

Der Soldat konnte nicht schießen. Er wußte nicht, ob es daran lag, daß sie eine Nonne war, oder weil er wußte, daß sie es war, oder weil er die Sterne in ihren Augen sah. Er konnte nicht schießen. Einen Augenblick lang verstanden sie, was beide von ihnen nicht wirklich verstanden. Einen Augenblick lang erlebten beide die Liebe in ihrer reinsten und einfachsten Form.

Sie packte die Briefe, ging geradewegs an ihm vorbei, sagte: »*Que Dios te bendiga, hijo*«, und legte ihre fleckigrote Hand zart auf seine Wange. Er sah die winzigen Funken statischer Elektrizität die Dunkelheit zerreißen, als sie ihn berührte. Und er erwachte aus seiner Trance.

Hinter ihr ging ein Schuß los. Er mußte so tun, als habe er auf sie gezielt. Sie sah die Helligkeit, die von dem Gewehr ausging, als sie den Weg hinunterrannte. Als sie die orangefarbene Absperrung hinter sich hatte, hielt sie einen Augenblick inne, um Luft zu holen und das Habit über den Kopf zu ziehen. Sie rollte das schwarze Gewand zu einem Bündel und versteckte es unter einem kleinen Dornbusch. Beim Umdrehen entdeckte sie den Rosenkranz auf dem Boden. Sie hob ihn zusammen mit etwas sandiger Erde auf und hielt ihn fest umklammert.

Der Soldat war am Feldtelefon. Er hatte den strengen Befehl erhalten, seinen Posten unter keinen Umständen zu verlassen, deshalb konnte man ihm keinen Vorwurf machen, daß er Tomasita nicht gefolgt war. Wenige Minuten später waren Sirenen zu hören. Die Armee war in Alarmbereitschaft versetzt.

Der Soldat sagte, sie trage ein Habit, obwohl er wußte, daß sie es wahrscheinlich ablegen würde.

Als sie den Stadtrand erreichte, versteckte sie sich hinter einem Müllcontainer. Es war noch immer dunkel. Überall konnte sie Sirenen hören. Sie sah einen schwarzen Jeep, die Federales, ein paar Blöcke weiter über eine Kreuzung rasen. Ihr war klar, daß sie sterben würde, und zwar genau hier, hinter dem großen dunkelgrünen Müllcontainer mit zwei leeren Dosen Green Giant, süße Erbsen extra fein, zu Füßen. Sie schloß Frieden mit Gott, die Erde und das Kreuz noch immer fest in der Hand.

Majestätischen Schritts kam sie hinter dem Müllcontainer hervor. Sie hatte es geschafft. Tomasita machte sich auf den Weg zur Brücke.

Ein paar Straßenzüge lang lief sie ganz normal. Niemand beachtete sie. Ein weißes Polizeiauto raste direkt an ihr vorbei. Ihr Atem ging regelmäßig und flach.

An der Ecke hielt ein Pferdegespann vor ihr an. Ein uraltes Pferd und ein uralter Mann. Das Fell des Pferdes fiel in Klumpen aus, große Flächen hatten gar kein Fell mehr, besonders um den Bauch herum. An den Rippen war zu sehen, wie ausgemergelt das Tier war. Das Hemd des alten Mannes war aufgeknöpft, um den Nacken hatte er ein vergilbtes weißes Taschentuch gebunden. Auch seine Rippen standen hervor.

Aber der Wagen! Welch ein Wagen! Er war mit Hunderten von Plastikblüten bedeckt, die für Tomasita unter der gelben Straßenlaterne zu erglühen schienen. Aber eigentlich schien alles zu glühen. Ein Holzschild, das in der Mitte einen breiten Riß hatte, trug die Aufschrift »Kutschfahrt – 2,00 $« und hing an einem verrosteten Draht von den Holzstufen, die auf den Wagen führten und mit Streifen flachgetretener Reifen belegt waren.

Der alte Mann sah sie an, berührte den Hut und fragte: *»A dónde la llevo, señora?«*

»El puente«, antwortete sie. Er hielt ihr die Hand hin, damit sie leichter in die Kutsche steigen konnte, und sie griff danach, als würde er sie auf den Tanzboden führen.

Sie fuhr durch die Straßen ihres Lebens, auf dem Gesicht ein liebes Lächeln, in den Augen Tränen. Das alte Kofferradio des alten Mannes, das von vertrocknetem Klebestreifen zusammengehalten wurde, spielte »Solamente una Vez«.

Genau vor der Plaza Juarez zog der alte Mann an den blumenumwundenen Zügeln des Pferdes. Sie waren mehrere Straßenzüge von der Brücke entfernt, weiter hatten sie sich nicht nähern können. Das Gewühl hatte seinen Höhepunkt erreicht. Ein Menschenstrom ergoß sich über einen Wasserstrom.

Der alte Mann hielt Tomasita ein weiteres Mal die Hand hin. Sie nahm sie, kletterte aus der Kutsche und dankte ihm: *»Que Dios se lo pague.«* Dann legte sie ihm den Rosenkranz und die Erde, die sie verzweifelt festgehalten hatte, in die Hand. Er verneigte den Kopf vor ihr und berührte seinen Hut.

Überall wimmelte es von Polizei. Ruhig

atmend, ging sie direkt an ihr vorbei, am Rande der Plaza, am Schnapsladen und am Eingang zur Brücke. Dann holte sie tief Luft und verlor sich in der Menschenmenge. Noch nie hatte sie sich so voller Leben gefühlt.

Ihm kam es so vor, als habe er sie aus dem Augenwinkel gesehen. Die Kinder, fünf- und sechsjährig, die auf der Brücke Chiclets verkauften, hatten sich um ihn herum aufgebaut, zupften an seinen grünen Armeehosen und bettelten, er solle ihnen doch sein Gewehr zeigen. Er versuchte sie zu verscheuchen, damit er die Fotokopie von Tomasitas Bild aus seinem gestärkten Hemd nehmen konnte, von dem Bild, das sie in ihrem Haus gefunden hatten, das sie bei Woolworth auf der anderen Seite hatte machen lassen. Sein Herz klopfte. Er war sich ziemlich sicher, daß sie es war, aber um vollständig sicher zu sein, mußte er die schwarzweiße Kopie ansehen, die tausende Male vervielfältigt worden war.

»Wenden Sie jede Gewalt an, die nötig ist«, hatte der Befehl gelautet, und er war darauf trainiert, Befehle zu befolgen.

»He, Sie«, sagten die Kinder auf spanisch,

»zeigen Sie uns doch mal Ihr Gewehr«, und zogen weiter an seinen Hosen.

»Laßt mich in Ruhe«, erwiderte er und versuchte sie wegzuschubsen. Die Menschenmenge wurde immer größer. Polizeiautos kamen aus allen Richtungen. Die Presse machte sich über die Brücke her wie Jäger, die auf den Riesenbock warteten. Und die Neugierigen drängten sich immer näher und näher heran. Die Polizei hatte Absperrungen aufgestellt, um die Menschenmassen unter Kontrolle zu halten, doch die Leute sprangen darüber hinweg oder schlüpften darunter hindurch. Er wußte nicht, was er tun sollte. Er sah sie wieder, wie sie die Brücke betrat, etwa sieben Meter zu seiner Rechten. Es bestand keine Möglichkeit, zu ihr zu gelangen. Er verlor sie aus den Augen und geriet in Panik. Die Kinder zogen noch immer an seinen Hosen, und eins von ihnen griff im Spiel nach dem Gewehr und hängte sich daran. Er verlor die Geduld und stieß das Kind mit dem Gewehrkolben weg. Versehentlich stieß er den kleinen Jungen genau in den Mund, woraufhin dessen Lippe zu bluten begann. Das Kind heulte los.

Sie wurden zusammengedrückt, der Soldat, das Gewehr, die Kinder, die Menschenmenge. Des Soldaten Gesicht war schweißgebadet. Seine Hände waren kalt und feucht. Er sah sie wieder und drängelte sich gleich in ihre Richtung. Ihr fotokopiertes Bild war nun in sein Gehirn fotokopiert. Aber die Menge war dichtgepackt und stand kurz vor der Panik. Er nahm sein Gewehr von der Schulter und gab Zeichen, Platz zu machen. Da drehten die Menschen durch.

Sie stoben zur Seite. Der Soldat legte auf Tomasita an und schrie: *»Señora! Alto! Señora! Alto!«*

Die Menschen begannen zu schieben und zu stoßen, sie schrien und kreischten, versuchten zu entkommen, konnten aber nirgendwo hin. Der Soldat hielt sein Gewehr so ruhig er konnte, inmitten der aufgepeitschten Menge, sein verschwitzter Finger ruhte auf dem Abzug.

Wieder schrie er: *»Señora! Alto!«*

Aber sie drehte sich nicht um.

Noch einmal schrie er: *»Señora! Alto!«*

Da drehte sich Tomasita um und sah ihrem

Schicksal ins Auge. Gerade als sie sich umdrehte, um ihm die Stirn zu bieten, rutschte sein schweißiger, nervöser Finger ab, und ein Schuß ertönte.

Der Gewehrschuß explodierte mit einem Blitz. Tomasita verfolgte die Zeitlupenbewegung der Kugel, die wie ein feuriger Komet auf sie zuflog.

Als Polizei und Soldaten ankamen und versuchten, die Menschenmenge zu beruhigen, und als die Sirene des Krankenwagens die Menschenansammlung in der Mitte teilte und die Zeitungsreporter, Fernsehkameras und Hubschrauber Tomasita umzingelten, kniete der junge Soldat bei ihr und weinte.

Völlig aufgelöst kam Schwester Adela an, drängelte sich durch die Menschenmenge, bis sie durchkam, rannte zu Tomasita und hielt sie liebevoll in den Armen, bis die Soldaten die Nonne packten, ihr die Hände auf den Rücken zerrten, Handschellen anlegten und sie in ein Polizeiauto warfen. Ihr Rosenkranz, der ihr aus dem Ärmel geglitten war, baumelte unten aus der Tür, das Kruzifix hüpfte auf dem noch immer heißen Pflaster der

Brücke wie Bierdosen an einem Hochzeitsauto hoch, als der Wagen abfuhr.

Vom Fluß stieg eine merkwürdig kühle Brise auf und wehte die blutverschmierten Liebesbriefe wie Federn vom Gehsteig der Brücke in die roten roten Wasser des Rio Grande.

Die Morgenzeitungen brachten eine Großaufnahme auf der Titelseite. Tomasitas Gesicht, wie es auf dem blutverschmierten Gehsteig der Internationalen Brücke lag, einen Gewehrschuß mitten durch die Stirn.

Schwester Adela rührte in einem großen Topf Bohnen für die Nonnen. Ihr kleiner Fernseher auf der Küchentheke zeigte ein Bild von Tomasita: Sauber, in einem einfachen Hauskleid, auf einem Holztisch, umgeben von einem Kerzenmeer, eine Handvoll dunkler, roter Maulbeeren zu Füßen, ein riesiger, glänzender Smaragd auf dem Einschußloch in ihrer Stirn.

Tom Brokaw sagte: »Der Smaragd wurde von einer reichen mexikanischen Hausfrau gestiftet, die sich bereit erklärt hat, sich Tomasitas Leichnam anzunehmen. Tomasitas Tod hat immense Trauer in dieser sonst so ruhigen Grenzstadt ausgelöst. Die Vorbereitungen für die Beerdigung sind noch nicht abgeschlossen.«

Er fuhr fort: »Bitte bleiben Sie zur Fortsetzung der Nachrichten bei uns auf NBC«, und ein Werbespot für die Lastwagen von Dodge platzte auf den Bildschirm.

Die Tränen der gütigen Schwester fielen in den Topf mit den Bohnen.